AF428822

Editorial Cazam Ah
www.cazamah.com
info@cazamah.com
(502) + 22517770
15 calle 9-18 zona 1, Guatemala
Guatemala, Centroamérica

La colección Voluta está compuesta por obras literarias latinoamericanas y contemporáneas que la editorial Cazam Ah promueve y respalda.

Equipo: Jorge Fernández (autor), Javier Martínez (director de la colección y editor), Julio Santizo Coronado (corrector), David Lu (fotografía del autor), WikiCommons (imagen de cubierta: Dios A, Ah Puch, Kimi en *The Maya Vase Book* de Justin Kerr), Luis Villacinda (diseño de portada)

Está prohibida, bajo amparo de las leyes, la reproducción parcial o total de esta obra por cualquier medio o procedimiento analógico o digital; así como su distribución por alquiler o préstamo públicos.

Editorial Cazam Ah
Guatemala, 2024
Impreso en Guatemala
ISBN: 978-9929-724-63-1

Jorge Fernández

Las formas de la muerte

Índice

A Saltán, mi pueblo.

«Encontrarás allí el lugar que más
amo en el mundo. El lugar donde
me adelgacé de soñar. Mi pueblo,
surgiendo de la llanura. Sombreado
con árboles y hojas como una alcancía
llena de recuerdos»

Juan Rulfo

La justa muerte

Lo que ven las estrellas

La noche tenía olor a cementerio, a tierra de huesos, a arena de cadáveres ancestrales pudriéndose bajo las tumbas blanqueadas con cal. La luna, redonda como espejo de plata, observaba a las siete jóvenes que, hincadas sobre el negro suelo, prendían velas y regaban pétalos de rosas sobre la tumba de la gran Hilda Moreno, bruja de extraordinario poder, nahual de muchas formas, hablante del idioma de las fieras y de las guacamayas que se vestían de arcoíris antes de que las balas las ahuyentaran de las ceibas gigantes. El señor del cerro guardaba silencio escondido tras su barba de bejucos, ceibas y amates.

—Colóquense en círculo —ordenó Marilú Moreno, y como si fueran leales sirvientes, las otras seis muchachas Moreno, con olor a juventud, tomaron su lugar.

Eloísa Moreno titiritaba junto a Flor Bella Moreno, quien se cubría los pulmones con la chalina púrpura que su abuela le prestó esa noche para evitar que un mal sereno le llenara la frente de flemas espesas. Fabiola Moreno hacía una muralla con sus manos sobre la llama tibia de la veladora que tenía a sus pies, a lado de Marisol Moreno, quien estiraba sus dedos flacos y largos para tocar con la punta de sus yemas los pétalos regados en el suelo.

—A mí esto me da un no sé qué, como miedito —dijo Eloísa Moreno, sin fijarse en la oscuridad profunda que las dos de la madrugada marcaba en el paisaje.

—No es nada del otro mundo, solo hablaremos con la bisabuela Hilda, somos las Moreno, brujas de este valle —respondió María de Todos los Dolores y Todas las Angustias Moreno al terminar de prender el círculo de velas.

Habían arrastrado un costal que se movía como endemoniado, que de vez en cuando pujaba y de donde salía un olor a alcohol que envenenaba el ambiente, pero ninguna parecía poner mayor atención en eso.

Marilú Moreno no hablaba, estaba tan callada que casi desaparecía en la oscuridad. Sus manos jugaban entre ellas, sus ojos de canicas estaban cubiertos por sus finos párpados, mientras su lengua y su boca susurraban la oración que debía decir para que el alma de su bisabuela encontrara el camino hacia ellas y no se perdiera por el río de sangre por donde sus perros la llevaban sobre la espalda.

—A mí tampoco me gusta mucho esto y eso que mi mamá me ha enseñado un poco de todo. No sé tanto como ella o mis tías, pero igual, algo no me gusta de aquí. Marielos Moreno puso su mano sobre el hombro de Eloísa Moreno y le sonrió a Fabiola Moreno cuando sus miradas se encontraron en el espacio.

—Hace años que no venías al pueblo—. Flor Bella Moreno centró su mirada en la cara ovalada de Fabiola, sonriendo con amabilidad, pero dándose cuenta de que no conocía en lo más mínimo a esa chica que era su prima.

—A mí mamá no mucho le gusta regresar al pueblo, después de lo que le pasó a la Carmencita —respondió Fabiola con una vocecita de niña avergonzada.

Todas asintieron, solo Marilú Moreno seguía susurrando para sí misma dentro de su burbuja de magia ancestral, de magia mestiza.

El tecolote cantaba con su incesante melodía de cuuu, cuuu sobre las copas de las ceibas, mientras a lo lejos, sobre los cerros de piedras filosas, los coyotes observaban las pringas de fuego que formaban un círculo de luz en uno de los dos cerros sagrados que rodeaban al pueblo. Las estrellas solo observaban desde sus lugares.

—Las cité aquí esta noche para que me ayuden a hablar con la bisabuela Hilda, para que su energía la traiga del más allá y nos aconseje en este duro momento. La familia lleva años buscando respuestas y creo que por fin tenemos al indicado —dijo Marilú Moreno volviendo del trance en el cual flotaba como tronco que viaja a la deriva—. Gracias por dejar sus casas, su sueño, su descanso, para estar esta noche aquí.

Los ojos de todas brillaban como estrellas en aquella oscuridad.

—Tómense de las manos —dijo María de Todos los Dolores y Todas las Angustias Moreno, y su mona negra, llamada Secretaria, saltó sobre su hombro para ser testigo de aquel acontecimiento.

Francisca Moreno, la abuela de las siete chicas, oraba desde su cama. La casi centenaria mujer hubiera querido acompañar a sus nietas en su diálogo con la muerte, pero sus rodillas carcomidas por la artritis no la dejaban llegar hasta la tumba de su madre. El retrato en sepia de su pequeña nieta Carmencita Moreno la observaba mientras la vieja susurraba palabras ininteligibles que ni ella misma entendía, pero que se trenzaban entre ellas y al final eran igual de eficaces que las oraciones cristianas.

—Madre tierra, padre cielo, cerros sagrados que nos vigilan con sus ojos de agua y nos palpan con sus manos de raíces, pedimos su permiso para que nuestra bisabuela sea guiada por la luna a través del río de sangre y llegue hasta nosotras, sus bisnietas —rezó Marilú Moreno con los ojos cerrados, escuchando el respirar de sus compañeras unidas por sus manos de soga, de liana verde, de espiga silvestre—. Que las estrellas se fundan en una colcha de luciérnagas donde la abuela Hilda se cobije mientras de sus huesos podridos surge su espíritu de árbol madre.

El silencio que se expandía por todo el cementerio fue barrido por el viento que llegaba tronando desde el otro lado del Xibalbá, tocando una sinfonía fúnebre que se movía como serpiente entre las hojas de los árboles y los cabellos de las muchachas. Las llamas de las velas y el aroma a pétalos eran un festín de luz y perfume para los finados que susurraban mensajes indescifrables al oído de las siete muchachas Moreno.

La puerta de jade se abrió y por ahí pasó la mujer, vestida de plata y cubierta de estrellas.

Marilú Moreno apretaba los ojos mientras las voces de los muertos chillaban dentro de su cabeza. Era casi doloroso escuchar los sonidos del más allá y ahí no estaba su abuela Francisca para detenerlas, para ponerles un alto a los truenos del inframundo que no eran bienvenidos.

Los perros negros que babean ámbar esperaron junto a la puerta de jade, sacudiéndose la sangre de sus oscuros pelajes.

Hasta los oídos de las otras Moreno solo llegaba ligeros susurros, no sentían el dolor de los gritos de las almas en pena y de los finados benevolentes que Marilú Moreno sí sentía. Fabiola, Flor Bella y Eloísa temblaban de frío y de miedo, sus dientes traqueteaban como la marimba orquesta que sonaba para la feria del pueblo.

Las estrellas solo observaban desde arriba, desde sus tronos de fuego cósmico. La mujer espectro, la bisabuela dormida, se escabulló entre las grietas de sus huesos podridos y salió de su tumba convertida en un ente blanquecino, una luz de plata con rostro de virgen de yeso.

—Aquí estoy mis niñas —dijo el fantasma de Hilda Moreno con una voz benevolente, casi celestial.

Los ojos vivos se abrieron de par en par al escuchar la voz. Las piernas fuertes impulsaron a las chicas hacia atrás en un brinco de miedo. Sus voces se secaron mientras el ente las observaba con una sonrisa de madre amorosa, de abuela ancestral.

—¡Por Dios! —fue lo único que pudo decir Eloísa Moreno mientras Flor Bella Moreno se le prendía como una garrapata hambrienta.

Fabiola Moreno se acurrucó al lado de Marisol Moreno con la mirada blanqueada por el reflejo de plata.

Los finados por fin se callaron.

Las siete Moreno observaron a su bisabuela con el rostro en alto, con la mirada llena de luces, sin el miedo que sintieron al ver el brillo. Se levantaron de donde estaban, se tomaron de las manos y sonrieron con sus dientes de mazorca madura.

—Niñas —las saludó de nuevo Hilda Moreno.

El ente brillante como la luna creció y creció hasta ser de la altura de la ceiba, hasta cubrirse la cabeza canosa con la cúpula verde que extendía sus ramas anchas como escudos de madera.

—Bisabuela Hilda —dijeron las siete Moreno al unísono, inclinando sus cabezas con respeto.

Todas se pusieron de pie y observaron al fantasma gigantesco desde atrás de las tumbas antiguas. Su miedo había desaparecido, ahora también sonreían y admiraban la magia ancestral que emanaba de la tierra donde moraban.

—No creo que me llamaran solo para admirarme mientras se quedan calladas —dijo el fantasma de Hilda Moreno con una risita de picardía.

—Claro que no —respondió Marilú Moreno con una sonrisa genuina.

—Las escucho, pero sean breves, no puedo estar mucho tiempo de este lado, los muertos muertos debemos estar.

El viento rugió desde los cerros afilados.

—Es un asunto de justicia, un asunto en el que solo tu brújula puede guiarnos—. Marisol Moreno se adelantó unos centímetros.

—Aquí traemos al hombre, al de las ropas manchadas de sangre, al que los muertos no quieren tener cerca. ¡Por fin lo encontramos! —añadió Marilú Moreno.

Hilda Moreno giró en círculos por todo el cementerio antiguo, observando los volcancitos de tierra donde moraban los huesos de finados que ya no eran recordados por nadie, fijándose en el costal que se movía a los pies de sus bisnietas.

—Necesitamos tu ayuda, necesitamos que junto a los demás muertos nos develen la verdad y así hacer que pague por su pecado. María de Todos los Dolores y Todas las Angustias Moreno tomó a su mona negra entre sus brazos.

Marielos Moreno permanecía callada. Se sentía como una extraña, como si aquella magia no le perteneciera, como si aquel ente no hablara con ella, como si ella no fuera una de las Moreno que curan el mal de ojo, hablan con los muertos y adivinan el futuro a través de los frijoles negros de su huerto. Solo observaba el costal que se movía de forma violenta bajo sus pies y guardaba silencio… sabía lo que se avecinaba.

—Yo ya no vivo en esta tierra, pero también soy tu bisnieta, también te pido que nos ayudes —dijo Eloísa Moreno desde atrás.

Hilda Moreno sonrió.

—Admiro mucho lo que hicieron y las comprendo por lo que harán al saber la verdad, pero me acongoja el corazón ver cómo mi linaje y mis bisnietas siguen manchándose las manos de sangre para reclamar justicia, creí que eso jamás volvería a pasar—. La voz de Hilda Moreno vibró como un murmullo que taladró la esperanza de las muchachas que invocaban almas a la luz de la luna.

—Es la única forma, ¿no? —preguntó Marilú Moreno.

—Así fue dicho por nuestras ancestras y así ha sido siempre. La justicia del hombre no es suficiente para nosotras. Si el linaje Moreno es violentado, debemos rociar la sangre del perpetrador sobre nuestros muertos —respondió Hilda Moreno observando el inmenso firmamento, fijándose en las estrellas que también la veían a los ojos.

—Entonces, ¿cuál es la respuesta? —preguntó Marisol, tratando de mantener su valentía, agarrándose a ella con sus uñas que le desgarraban la piel de papel de China.

—Culpable, justicia y muerte. Esa es la respuesta—. El tono de Hilda Moreno se ensombreció. —Y lo siento mis niñas, pero nuestro linaje mestizo está escrito en la piedra y así debe ser, deben cumplir la regla: derramar la sangre del violentador, del que nos despoja.

Todas guardaron silencio, como si los tecolotes que las vigilaban les hubieran sacado la lengua con sus garras de acero.

—Es momento de volver, pero no pierdan el ímpetu, que momentos duros se avecinan —dijo Hilda Moreno despidiéndose, haciéndose cada vez más pequeña, hasta que su luz color luna de plata volvió a colarse por las grietas de su tumba.

Los perros movieron contentos sus colas al ver que la mujer regresaba. Las puertas de jade se cerraron y, sobre el río de sangre, Hilda Moreno surcó las olas de la muerte.

Las velas se apagaron y la cera que escurría por los cabos blanquecinos se pegó a la tumba cubierta por la capa verdosa de musgo. La muerte y la justicia entraron por la nariz de las muchachas hasta alojarse en sus corazones. Lágrimas amargas cayeron a la luz de la luna y los tecolotes volaron lejos del pueblo, hacia donde las oleadas de serpientes que nacerían en el verano no se comieran sus huevos.

—Tenemos la respuesta que buscábamos, los muertos tenían razón cuando nos guiaron, ese hombre es culpable y debe pagar —pronunció Fabiola Moreno, agradecida por encontrar la verdad.

—Hay que hacerlo entonces —dijo al fin Marisol Moreno, y las siete chicas arrastraron el costal por la vereda pedregosa en medio de la oscuridad plateada de aquella noche. El silencio rugía en cada rincón, nadie quería hablar.

Colocaron el costal sobre la enorme piedra plana que se posaba bajo el árbol de amate del cementerio, desataron la soga y dejaron que el hombre que yacía amarrado dentro de él viera la luz de las estrellas. La sangre del sujeto le manchaba las ropas mientras una mordaza le enmudecía el llanto.

—No permitan que se siga retorciendo, tiene que ver hacia el cielo cuando la luna beba de su sangre —dijo Marilú Moreno y entre las otras seis Moreno sujetaron al hombre.

Eloísa y Flor Bella Moreno estaban aterradas, al borde de un ataque de pánico, pero las oraciones de sus primas resultaban tibias, como cánticos mágicos que les reconfortaban el corazón.

Marisol y Marilú Moreno sacaron el cuchillo de obsidiana que llevaban en su bolsa de lana, lo limpiaron con agua de rosas y le besaron el filo, cortándose los labios como una señal de respeto. Las otras cinco Moreno observaban mientras el hombre gimoteaba y trataba de retorcerse, con su rostro molido a golpes y sus costillas fracturadas.

—Tocaste a una de las nuestras, le arrebataste la vida a la pequeña Carmencita Moreno, la despojaste de su espíritu y los muertos fueron testigos de eso. La justicia divina tomó años en encontrarte, pero por fin clavó sus ojos de bestia en ti. Te toca pagar por tus actos —dijo Marisol Moreno sin titubear, con la sangre rodando por su boca.

El hombre abrió sus ojos y en el rostro de aquella chica vio la faz de un verdugo, de un juez y de un demonio; quiso gritar, pero ya no valía la pena.

—Te vamos a arrancar el corazón mientras aún late y,

luego, lo moleremos para que las alimañas lo devoren para así asegurarnos de que jamás cruces al otro lado del río de sangre y vagues por la eternidad entre las tinieblas que te devorarán hasta el punto de aborrecer el hecho de tener conciencia. Tu dolor jamás se apagará y nunca encontrarás paz. Ningún dios, ni de esta tierra ni de otra, te dará consuelo —pronunció Marilú Moreno aceptando por fin su papel como la nueva guía de su linaje.

La primera puñalada de esa noche se escuchó rompiendo el aire, rompiendo la carne del pecho. Aquella puñalada sonó más fuerte que los taladros de la mina de mármol del pueblo, pero fue tan suave y delicada como el olor a rosas húmedas. Esa noche, la justicia se vistió de mujer y danzó al ritmo del viento fresco, de la luna y de la tierra de muertos. La primera gota de sangre culpable tocó el suelo y roció la tierra donde yacían generaciones de Morenos, a la vista de las estrellas que celebraran como en los viejos tiempos.

Baile de sangre

El ritmo de la música era contagioso esa noche, los cuerpos se movían de un lado a otro llevados por la melodía de aquella conocida canción. Las luces corrían por todo el lugar: por las paredes, los techos, por el suelo… Sus colores eran estrambóticos: azules, blancas, amarillas, rojas; sí, rojas, como la sangre de aquel hombre.

Ágata no paraba de bailar, sonriendo con aquella hermosa sonrisa que cautivaba a todos, con su cabello negro pegado a su rostro por el sudor que el calor del lugar hacía brotar. Se veía las manos cuando las luces las iluminaban y veía sangre en ellas, pero no le importaba. Aquel hombre se lo merecía.

El *buffer* de las bocinas hacía que todo el lugar retumbara, esparciendo la alegría efímera de esa noche a todos los que bebían alcohol y danzaban en la pista. Esa noche nada importaba, aquella fiesta estaba tan viva que la muerte no cabía ahí.

Ágata se quitó la chaqueta de lona que llevaba puesta y las gotas de sangre se marcaron como pringas negras en su pecho. Sonrió y tomó de la mano a un chico que estaba cerca para bailar con él.

De pronto, todos formaron un círculo, guiados por la canción que sonaba. Una mano jaló a Ágata al centro y ella comenzó a bailar ante la mirada de todos, arqueando su pequeña cintura, acomodándose el *top* que llevaba puesto y moviendo las caderas como si su vida dependiera de aquellas hermosas contracciones. Ella solo sonreía y giraba agarrándose el cabello; esa noche era eterna, bailaría cubierta de sangre sobre una montaña de cadáveres si eso la hacía sentirse de nuevo como esa noche.

—¡Bailen, que la vida es corta! —dijo el *disc jockey* de la fiesta y todos gritaron emocionados.

Ágata seguía danzando en el centro. No necesitaba a nadie para moverse como lo hacía en ese momento. Sentía que podía bailar hasta la muerte, que sus brazos eran estrellas y sus ojos eran nebulosas que iluminaban la pista de baile, que era su universo. Esa noche quería sentirse viva por última vez; lloraría y se lamentaría después, pero esa noche no. Esa noche ella era un dios, un dios alegre, hermoso, moreno, de sonrisa amplia y corazón sanguinario.

Y así como los cielos y los dioses también se desploman, el reino que Ágata había creado esa noche en la pista de baile también llegó a su fin. Una patada ensordecedora en la puerta del lugar apagó la música; la policía entró en fila, uno tras otro como hormigas, entraron todos los agentes cargados con armas que escupen fuego y muerte. La muchedumbre aterrada se pegó a la pared y guardó silencio.

—¡Luces! —ordenó uno de los policías y, de pronto, todo el paraíso se desvaneció y se convirtió en un simple salón lleno de vasos desechables y gente asustada.

Ágata tomó su chaqueta de lona, se acomodó el cabello y caminó hacia los policías que ya le apuntaban con sus armas.

—¡Ágata Quiroga, está arrestada por la posible comisión del asesinato de su padrastro! —gritó uno de los policías.

—Ya sé y disfruté tanto haciéndolo que lo haría de nuevo si ese cerdo resucitara de entre los muertos —respondió ella sin titubear.

Los ojos de todos se centraron en la chica, en su cintura desnuda cubierta de sangre, en sus manos rojas, en sus mejillas pringadas con muerte, en sus ojos brillantes y en su hermoso rostro que era más hermoso porque esa noche desconocía el miedo.

Ágata sacudió su chaqueta, desenvainó el cuchillo que guardaba ahí y caminó hacia los policías con el porte de una reina, iniciando una carrera veloz cuando pasó por debajo de la bola de espejos.

—¡Deténgase ahora! —gritó el mismo policía.

Pero Ágata siguió su camino sin inmutarse. Sabía que el momento había llegado y estaba feliz. Anhelaba tanto ese momento que casi lloraba de felicidad; desde que tenía ocho años soñaba con morir cuando por fin alcanzara la felicidad, con morir justo después de destripar a ese ser monstruoso que le había robado la luz.

—¡Deténgase! —volvió a gritar aquel hombre de rostro temeroso; le temía a aquella chica con mirada de fuego rojo.

La mayor fiesta a la que Ágata jamás había asistido pronto daría comienzo. Sus ojos se llenaron de lágrimas, sonrió y pensó en lo que le había hecho a su padrastro, pero él se lo merecía y ella lo había disfrutado tanto; había saboreado cada minuto, había devorado cada gota de sufrimiento que estaba satisfecha. Empuñó su cuchillo y corrió hacia la policía gritando de júbilo… Un disparo abrió las puertas de la fiesta a la que Ágata tanto anhelaba ir; por fin escuchó esa música, la música más hermosa del universo, cayendo al suelo casi de forma instantánea y despidiéndose de ese miserable mundo mientras veía desde el suelo cómo su sangre se esparcía en el piso al mismo tiempo que el confeti caía como lluvia tibia desde el techo.

Ojos lavanda

La luz blanca del poste le iluminaba la cara, haciéndola parecer una especie de hada solitaria de cabellos sucios y mirada perdida. Las llamas y el ruido de la noche se tragaban a todo el pueblo, pero en ese momento solo era ella y el viento que danzaba a su alrededor, levantándole la falda y moviéndole el cabello.

Avanzaba despacio, dando saltos y girando; sonriendo, levantando los brazos hacia el cielo, imaginando que podía alcanzar la oscura inmensidad de arriba. En ese momento se sentía como un ave que vuela bajo y roza el agua de cristalinos manantiales con sus manos. Tenía frío, pero no importaba, su alma estaba bien cobijada y calientita dentro de su cuerpo.

Parpadeaba y sus ojos echaban chispas, parpadeaba y su piel se iluminaba, parpadeaba y al universo le nacía una nueva estrella y su inmensidad se expandía aún más. Aquellos ojos parpadeaban y todo era más hermoso, aquellos ojos eran los ojos de Dios.

Dicen que cuando salió de su madre, lo primero que todos vieron fueron sus ojos, unos ojos grandes, brillantes y singulares; preciosos ojos color lavanda.

Nació con los ojos abiertos, descubriendo el mundo que la rodeaba desde el primer instante en el que la luz le tocó su fina piel.

—Eres preciosa, esos ojos son preciosos, ese rostro es precioso, toda tú eres preciosa —dijo su madre hundida en el sopor del parto cuando la comadrona le acercó a la bebé de ojos lavanda.

De aquellos ojos brillantes y enormes no brotaron lágrimas cuando la comadrona le dio la primera nalgada, pero todos supieron que la niña vivía por los parpadeos que iluminaban el viejo cuartucho donde fue concebida y donde nació, justo en la misma cama.

Aquellos ojos inocentes e ingenuos observaron cómo su madre moría a su lado, con el sudor rodando por su frente amarilla, cayendo hasta el piso de tierra de la covacha de tablas que llamaba hogar.

Los ojos lavanda observaron cómo su padre corría desesperado, buscando la ayuda del médico del pueblo mientras la comadrona oraba arrodillada junto al hermoso cadáver bañado en agua marina.

Aquellos ojos enormes y bellos observaron el techo despeltrado de la casucha donde viviría, mientras una canasta de mimbre la abrazaba, alejando de su inocencia los sollozos fúnebres con olor a estiércol. Desde ese momento, y aunque nunca las había visto, pensó en las estrellas del firmamento y se carcajeó tanto que ni siquiera las letanías de la comadrona la pudieron silenciar.

La niña con hermosos ojos lavanda observó impávida el ataúd de su madre entrando a la boca del infierno que habían abierto en la tierra del cementerio, bajo el sol llameante de las doce del mediodía.

—La niña no llora, solo observa —se extrañó una de las tantas señoras de faldas largas que llegaron al entierro.

—¡Qué ojos tan raros! —dijo otra mujer que se acercó a la bebé que observaba todo desde los brazos de su tía.

—Esa niña es un demonio, solo véanle los ojos —dijo el padre de la singular bebé, hundido en la hediondez del licor—. ¡Tiene ojos de loca! —gritó, y el grito recorrió todo el cementerio hasta penetrar la tierra santa del lugar, llegando hasta los oídos muertos de su esposa, quien lloró desconsolada al otro lado de la vida.

La chica de ojos color lavanda seguía su camino, sonriendo mientras pensaba en todas las personas que se calcinaban a sus espaldas, en la llanura en la que había nacido hacía veinte años ya. Ahí, entre ese fuego intenso con olor a carne humana, yacían los cuerpos de las mujeres que la echaban de sus aceras a cubetazos de agua fría y la llamaban vaga y loca. También ardían los cuerpos de los chicos que la apedreaban desde los árboles de mango cuando ella pasaba; aún recordaba cómo su sangre escurría por su frente y le manchaba su vestido color rosa pastel que su tía le regaló antes de marcharse. Y ahí, entre ese infierno terrenal, también se chamuscaba el cuerpo de ese horrible hombre, ese ser corpulento y asqueroso que la perseguía entre los maizales para meterse dentro de su piel; lo odiaba, lo aborrecía, porque solo con él sus ojos se cerraban y no querían parpadear, solo con él el brillo de las estrellas desaparecía y todo era negro.

Desde que pudo trepar, la muchachada subió a la copa de las ceibas cada noche para pedirles a las estrellas que se acercaran, que la rescataran, que se la llevaran con ella. Aunque su voz no le servía y su mente se hundía cada vez más en el vacío, la imagen de las estrellas siempre estaba ahí, cerca de su alma, dentro de esos ojos hermosos color lavanda.

Por años les pidió a las estrellas que bajaran y le besaran las mejillas quemadas por el sol, y esa noche sus hermanas por fin se conmovieron con sus lágrimas azucaradas, la escucharon y cayeron en bandada envueltas en llamas fluorescentes, golpeando primero los peñascos de las montañas cercanas, luego los campos de maíz, hasta empezar a caer como lluvia brillante sobre los techos y las casas de aquella llanura seca. Ella las observó sorprendida y con una sonrisa gigante desde la copa del árbol donde dormía.

—¡Corre, vete lejos! —le susurró una fuerza misteriosa.

Los primeros habitantes del pueblo que sintieron la lluvia de fuego trataron de salir de sus casas y correr, pero ya era muy tarde: todo ardía entre llamas calientes de color lavanda, sus cuerpos quedaron impregnados como hule chamuscado en el pavimento de la calle. Los más afortunados murieron en sus camas, durmiendo, ahogados por el humo negro antes que el fiero calor derritiera sus pieles.

El fuego empezó a avanzar en lenguas que se movían como si estuvieran vivas, dejando una peste de culpa y podredumbre a su paso. Ella se detuvo un momento, observó cómo el fuego lavanda consumía todo y estuvo tentada a regresar para bailar entre las llamas, pero siguió su camino alejándose de todo, se tapó la nariz con las manos para que su olor a tierra caliente alejara el hedor a muerte.

Antes del amanecer llegó a la punta del cerro más alto que rodeaba la llanura, observó las llamas lavanda que aún ardían y suspiró aliviada, como si todo se hubiera purificado. Cuando se sintió lista, dejó que aquella fuerza misteriosa que le susurró al oído se la llevara, haciéndola flotar en el aire, haciéndola subir y subir hacia el espacio, donde sus ojos lavanda observarían el universo cara a cara y su boca rosada probaría el sabor de las nebulosas. Parpadeó y el fuego se expandió más allá de las llanuras, llegando a las ciudades, quemando bosques, quemando monumentos, acabando con imperios, cruzando océanos, derritiendo polos. Parpadeó y todo fue nuevo.

La muerte llega temprano

34

El entierro de medianoche

Alba Cisneros pisaba nerviosa el pedal de su máquina de coser, produciendo un vaivén descoordinado, haciendo que la aguja cayera inconsistente y suave sobre el vestido que cosía. De vez en cuando levantaba la vista y observaba la oscura calle que dormía bajo el manto de la medianoche. Respiraba agitada mientras sentía cómo sus nervios le carcomían las entrañas; ya iban a comenzar los murmullos y pronto vería a las primeras mujeres vestidas de negro que acompañaban a aquel misterioso entierro que todas las noches pasaba frente al corredor de su casa.

—Dicen que son las Santas Ánimas —había escuchado decir Alba Cisneros a Carlota González al salir de misa el domingo pasado—. Dicen que pasan justo a la medianoche. A veces llorando, a veces riendo, a veces como entierro y a veces como procesión. ¡Y ay de aquel que las vea! Dicen que se condena, dicen que se convierte en un alma en pena.

—¡Que Dios nos libre de esas cosas! —exclamó Susana Ovalle persignándose tres veces para ahuyentar al mal con aquel juego de manos.

—Yo ni loca, ni aunque me pagaran salía a verlas si algún día las llegara a escuchar —añadió Margarita Zamora cubriéndose los hombros con su chal negro.

—¡Pues yo sí! —las interrumpió Alba Cisneros con una sonrisa vanidosa, burlándose del miedo de aquellas pueblerinas que aún creían en santos y en aparecidos—. Les apuesto que salgo toda la noche a esperar a esas ánimas en el corredor de mi casa, hasta voy a sacar mi máquina de coser para entretenerme mientras llegan y verán que no pasa nada. El miedo es lo que esas cosas buscan de una, pero ni eso obtendrán de mí, mucho menos mi alma.

Las campanas de la iglesia sonaron amargas y, bajo el sol de aquella tarde, Alba Cisneros selló su destino, sonriendo mientras las tres mujeres la observaban aterradas por lo que acababa de decir.

Alba Cisneros nunca había tenido miedo, o eso era lo que todos creían. Desde su nacimiento tuvo que demostrar que merecía todo lo que tenía. Al ser hija única del hombre más rico del pueblo tuvo que labrar su camino en aquel mundo de machos recios y duros donde una mujer no podía ser la heredera de la casa más bonita del lugar. Tuvo que ganarse a pulso el afecto de su marido y tuvo que aferrarse a la cordura cuando una bala mortífera la hizo enviudar, dejándola sola, atrapada en esa casa de corredor amplio con sus dos hijos pequeños. Todo lo había hecho sin bajar la vista, sin llorar mientras los ojos inquisidores de los pueblerinos la observaban, sin recibir ni una sola muestra de luto o compasión.

Alba Cisneros cumplió su palabra. La noche de ese domingo arrastró su pesada máquina de coser hacia el corredor y, mientras sus hijos y su criada apagaban las luces, ella se sentó a coser, esperando la llegada de los espectros que a todos les helaban la sangre.

El reloj de su muñeca marcó la medianoche, atrayendo una correntada de aire frío que parecía llegada desde el mismo Xibalbá. El viento sopló entre las macetas que colgaban de las vigas, arrancando las hojas de los helechos y de las orquídeas. El mismo viento siguió su camino y peinó el cabello rojizo de Alba Cisneros, bajó para entumecerle los pies y se le metió bajo la falda. Pero la mujer solo reaccionó cuando aquella correntada de aire gélido le arrancó la tela que yacía sobre su máquina de coser para arrastrarla hacia la calle; entonces, los rezos y lloriqueos en murmullos empezaron.

La muchedumbre silenciosa y vestida de negro dobló la esquina de la calle y poco a poco empezó a desfilar frente al corredor de Alba Cisneros. Faldas negras y largas les cubrían los pies a aquellas mujeres que llevaban el rostro escondido bajo velos de encaje oscuro, tan negro como la misma boca del Diablo; tan solo las pringas de luz de las velas hacían que esa misteriosa gente no se perdiera entre la oscuridad de la noche.

—¡Por Dios! —exclamó Alba al ver cómo los espectros caminaban delante de ella, llevando sobre sus hombros un féretro rojo sangre que resonaba como si lo golpearan desde adentro.

Los rezos y los lamentos ahora eran zumbidos y susurros dentro de la cabeza de Alba, quien estaba inmóvil, congelada como un témpano, sudando a mares con sus vellos crispados. Su cabeza daba vueltas, su corazón tamborileaba a más ya no poder. Alba Cisneros por fin tuvo miedo.

Antes de que las Santas Ánimas se perdieran por la calle que conducía al cementerio, una anciana de mirada blanca y rostro deforme se separó de la multitud y con paso lento entró al corredor de Alba Cisneros. El único foco que iluminaba el lugar estalló cuando la mujer pisó la entrada de la casa. La oscuridad engulló todo a su paso.

—Por medio de esta vela te marco, por medio de esta vela te sello como una de las nuestras; y cuando la luz del amanecer del domingo toque la primera teja de tu casa, entonces podrás caminar con nosotras, vagarás entre tinieblas y abrazarás la oscuridad mientras tu cuerpo frío y tieso te vea partir hacia lo incierto —dijo la extraña anciana entregándole una vela larga y blanca a Alba Cisneros, quien atónita observó el rostro deformado del ser que tenía enfrente mientras un aliento a podrido invadía el aire.

—¿Qué quiere? —preguntó Alba con el poco valor que pudo reunir, produciendo un ruido doloroso con el castañeteo de sus dientes.

—Un alma, eso es lo que quiero, un alma, no importa si es la tuya, yo quiero un alma. Confecciona de una vez una mortaja, que sea hermosa, que brille, que opaque a la madre noche —respondió la mujer con una sonrisa estirada que deformó aún más su rostro de espanto.

Alba Cisneros no solo tuvo miedo esa noche; también saboreó la muerte que sabía a sangre entre sus dientes. Alargó su mano por pura inercia y, al recibir la vela de la vieja, perdió el conocimiento y no despertó sino hasta que los rayos tibios del sol del otro día le acariciaron sus pies entumecidos.

Pasó toda la mañana caminando de un extremo del corredor al otro, temblando mientras pensaba una y otra vez en el rostro envejecido de aquel espectro de piel gris. El desvelo le martillaba la cabeza mientras su criada trapeaba la torta del suelo y su mirada se perdía en el vaivén del agua sucia que se escurría de la tela.

Cuando la noche de aquel viernes cayó, Alba Cisneros buscó la vela en la gaveta de su máquina de coser para encenderla y colocarla sobre el altar de su Virgen de yeso, rogándole que la librara de aquellos espíritus inmundos que la perseguían. Pero al revolver el cajón, un frío y blanco hueso resonó en el fondo al chocar entre las paredes de madera y revolverse entre los hilos de colores.

—¡Te reprendo, Satanás! —gritó sacando con furia el hueso para aventarlo en el fogón que ardía en la cocina.

Pero el hueso se convirtió en vela de nuevo, justo a la medianoche, cuando un viento encantado golpeó incesantemente cada puerta de la casa. La luz de la misma vela se encendió en el centro de la habitación de Alba. Esta vigilaba con su llama vacilante a la mujer que dormitaba y se revolvía entre las sábanas. Un rostro gris se reflejaba en la poca luz que llegaba a la esquina de la habitación y sonreía con sus dientes amarillentos y aserrados.

Alba Cisneros le rezó toda la mañana del sábado a los santos de su altar, pero cuando se cansó de los oídos sordos tallados en yeso decidió barrer su casa, limpiar sus cuadros y ordenar su ropa. Si las ánimas de medianoche se la iban a ganar, quería que al menos su casa quedara ordenada.

—¡Dice mi mamá que ya hirvió su agua! —anunció el pequeño José, siguiendo las órdenes de su madre, quien vigilaba el fogón en la cocina.

Alba Cisneros dejó de doblar la ropa cuando escuchó tras sus espaldas la voz tierna del pequeño criado y sonrió al instante mientras la imagen de la vieja de piel gris le llenaba las pupilas y la áspera voz danzaba en sus oídos.

«Un alma, eso es lo que quiero, un alma, no importa si es la tuya, yo quiero un alma» había dicho el ánima. Nunca exigió el alma de Alba Cisneros, cualquier alma serviría.

—Dile que ahorita voy —respondió Alba con un tono de amabilidad fingida—. Por cierto, ¿ya te dijo tu mamá que me vas a acompañar hoy en la noche?

El pequeño José negó con la cabeza.

—Bueno, ahora ya lo sabes. A la medianoche va a pasar un entierro, te quedas despierto y me acompañas—. Alba Cisneros se levantó de su cama, observó directo al pequeño que tenía enfrente y una sonrisa curva brilló en su rostro. —Ya ni le digas nada a tu mamá, ya lo sabe.

Y el niño asintió como lo hacía siempre frente a su patrona y en sus pupilas cafés la muerte reflejó su risa de demonio.

La madre de aquel pobre niño tenía otros cinco hijos en su pueblo natal. Para Alba Cisneros, esa mujer no extrañaría que le faltara uno, pues desde sus ojos aquella criada era casi una salvaje de modales toscos que apenas si abrazaba o velaba por su engendro; era como las perras de la calle, que deja a sus cachorros en cualquier esquina o cuneta del pueblo sin mayor remordimiento. No era como ella, como las otras mujeres de su pueblo mestizo y avanzado.

A las diez de la noche, Alba Cisneros empezó a confeccionar la brillante mortaja en el corredor de su casa con el pequeño José cabeceando a su lado.

—Aunque digan que uno vale lo mismo que esta gente, no es cierto. Mis hijos no son como este niño —masculló Alba para sí misma, sintiendo dentro de su estómago una pequeña punzada de culpa, pero pronto el piquete se desvaneció entre su sangre helada de reptil.

El viento frío volvió justo cuando la luna se posaba en el esplendor de la medianoche. Alba preparó la mortaja, sacó de la gaveta el hueso que se había vuelto a convertir en vela y, tomando al niño de la mano, se paró frente a la calle y esperó que los cantos, los rezos y los sollozos de ultratumba hicieran eco en la calle desierta.

—¡Ahí viene! —anunció el pequeño José levantando sus manos cuando las pringas de luz iluminaron la calle.

Las mujeres fantasmas que escondían sus pálidos rostros bajo sus velos por fin asomaron su pestilencia a entierro y se pararon al frente de la casa de Alba. Ella las recibió con una sonrisa temblorosa que le hacía sangrar las encías.

—Aquí estamos para que el trato se cumpla —dijo la vieja ánima de rostro arrugado.

—Y así será —respondió Alba palmeando la espalda de José.

El niño, que ingenuo aceptó acompañar a Alba, por fin sintió la punzada del miedo en su columna vertebral y liberó un llanto silencioso que le empezó a escurrir por sus mejillas tostadas.

—Puede llevárselo —dijo Alba y una sonrisa malvada se le dibujó en el rostro, la misma que apareció cuando su bala penetró el corazón de su difunto marido.

—¡Otra alma se ha unido a la eterna noche! ¡Den las gracias! —dijo la anciana con voz ceremoniosa.

—¡Para el labrador de campos de ortigas sean las alabanzas! —repitieron las mujeres en un coro infernal y se arrancaron el velo del rostro, lo que dejó ver la masa gris sin expresión alguna que tenían por cara, con un único ojo como perla negra que desde su frente cernía su mirada sobre el pequeño José.

El niño gritó y trató de correr, aunque la mano de Alba Cisneros le apretaba el brazo como una boa constrictora que chupa la vida y tritura los huesos.

—No pasa nada —dijo Alba curvando su cara en una sonrisa monstruosa.

—¡Tomadlo! —dijo la vieja ánima y los espectros vacíos tomaron al pequeño José entre sus brazos, a la vez que evadían las patadas del niño para levantarlo y tratar de introducirlo en el cajón rojo que siempre cargaban en hombros, el que siempre resonaba desde adentro.

—¡Ayuda! —gritaba el pequeño tratando de evitar que la puerta del féretro se cerrara sobre él.

—No pasa nada —decía Alba sin dejar de sonreír.

—¡Mamá, mamá! —repetía el niño rasgando con las uñas el forro blanco del cajón de muerto.

—No pasa nada —dijo Alba Cisneros y sus ojos de loca por fin derramaron su llanto.

La puerta del féretro se cerró y devoró al pequeño José dentro de su oscuro fondo forrado con seda blanca.

El ánima le quitó la mortaja y la vela a Alba Cisneros sin decir nada y, hundida en el silencio, hizo que el entierro avanzara, con los golpes incesantes del pequeño José retumbando dentro del cajón que dormía sobre los espectros sin expresión.

—No pasa nada —repitió Alba llorando mientras veía cómo las ánimas partían con el alma del hijo de su criada.

Alba lloró hasta que su culpa se lavó de su piel y antes de que los rayos del alba tocaran la primera teja de su casa, volvió a su cuarto, se acostó, cerró los ojos y, como si nada, esperó que los gritos desesperados de su criada la despertaran.

Las hadas del clavel

La mañana cuando encontraron muerto bajo el arbusto de clavel al pequeño José, una llovizna tibia caía sobre el pueblo, que llenó el aire con un aroma a petricor que rara vez despedía aquella tierra seca y tostada. El rocío de los rojos pétalos del clavel resbalaba sobre la frente fría y muerta del infante, rodando por su rostro hasta caer al cemento del patio.

—Pero, ¿cómo pudo haber llegado hasta aquí? —dijo una de las vecinas chismosas que se acercó a la casa del pequeño José cuando los gritos de la madre y de la abuela del niño alteraron a todo el barrio.

Los tintineos y los pequeños aleteos de brillantina dorada zumbaban entre el verde follaje del clavel mientras la ambulancia hacía sonar su sirena frente a la casa del niño muerto.

—¡No puede estar muerto! —gritaba la madre de José, viendo cómo los paramédicos atendían al niño que yacía en el suelo empapado de llovizna.

Una de las cuatro hadas que moraban entre el clavel sacó su diminuta cara de esqueleto de entre las ramas y sonrió, maligna, al ver las lágrimas saladas de todos, tomó un pistilo de una de las flores y se la llevó a la boca para chuparlo mientras volvía al interior de aquel verdor intenso.

—Si ayer estaba rebién, jugando entre las ramas del clavel, arrancando las flores rojas para hacerme una corona con ellas, pintándose la carita con el polen —reflexionaba en susurros la criada de la casa.

La segunda hada sacó sus manos huesudas de entre la espesura, tomó un pétalo de una de las flores y se lo llevó a la boca, lo masticó y su saliva se tornó roja como la sangre mientras saboreaba el suculento manjar. Las otras tres hadas hicieron lo mismo.

Al pequeño José le gustaba cortar las flores del clavel, amontonaba los pétalos en una pila color escarlata; luego, las partía en pedacitos y las colocaba entre las verdes hojas para que esos seres con forma de esqueleto y alitas brillantes salieran a comer cuando ningún adulto estaba cerca.

—Las hadas del clavel son mis amigas —había dicho una vez el pequeño José a sus padres. Pero, como era lógico, los dos solo sonrieron y olvidaron aquella historia absurda de niño pequeño.

José nunca supo de dónde eran o de dónde habían llegado aquellas criaturas fantásticas que esparcían brillantina con sus aleteos y que hablaban a través de tintineos casi insonoros para el oído humano. Lo que estaba claro era que aquellos seres vivían en el patio de José desde que aquellos hermosos claveles fueron plantados por su bisabuela, creando su hogar entre el follaje, alimentándose de pétalos y rocío y defendiendo su hogar de los pajarillos que llegaban a formar sus nidos, acribillándolos con sus flechas de astillas, envenenando con sus polvos de hada a las gallinas que se posaban en la corona y cercenando a cualquier insecto que osara tocar su querida planta.

Desde que José salió de vacaciones y ya no tuvo que ir todas las mañanas a aquel aburrido kínder de su pueblo, pasaba cada día del último mes subido en las ramas del clavel, observando y jugando con las hadas, a quienes no les importaba la presencia del niño; sabían que él no podía vivir ahí y que no tenía la menor intención en hacerles daño a ellas o a su querido arbusto. No les importaba convivir, jugar y dejar que ese niño de rostro moreno y mejillas rojas las observara, hasta que una de ellas escuchó la conversación que los padres de José tenían en el corredor de la gran casa del pueblo.

—José pasa mucho tiempo en ese árbol, un día de estos va a ir a dar al suelo, una rama puede quebrarse o cualquier otra cosa y se nos va a caer el muchachito. Hay que mandar a cortar el clavel, es peligroso para el niño y llena el patio de hojas y flores muertas —dijo la madre de José observando con recelo el árbol de su patio.

El padre de José asintió.

Las hadas tintinearon alarmadas toda esa noche, charlando con voces de campanas y analizando la situación, pensando y repensando alguna forma de evitar la destrucción de su querido hogar.

—¡Todo por ese maldito niño! —dijo una de las hadas en su idioma de tintineo, la que tenía orejas puntiagudas y duras como hueso.

—Hay que deshacernos del niño, sin niño que se caiga no hay árbol que cortar —tintineó otra de ellas, la de brazos anormalmente largos y flacos.

Las cuatro criaturas asintieron y revolotearon contentas entre las hojas verdes y las flores cerradas de su amado clavel.

La mañana de noviembre en la que lloviznó en el pueblo, José se levantó más temprano que todos, casi al alba, alertado por la lluvia que caía sobre sus amigas hadas, pensando en que aquella llovizna podía enfermarlas. Arrastró su suéter favorito y tomó un nailon que encontró por ahí para evitar que el agua les hiciera daño a sus queridas criaturas.

—¡Haditas! Les traigo un techo para su casita y un suéter para que lo usen de colchón y no pasen frío —dijo el pequeño José esperando que sus amigas mágicas salieran de entre las ramas de esmeralda.

Las cuatro hadas revolotearon cuando la voz del niño llegó hasta sus pequeños oídos. Se carcajearon como demonios nocturnos y prepararon los polvos venenosos que soplarían entre las fosas nasales del pequeño cuando este intentara subir al árbol de clavel para cobijarlas entre sus bracitos.

—Cuando regrese, no quiero ver ese maldito árbol en mi patio —dijo la madre del difunto José antes de subir a la ambulancia que se llevaba el cuerpo sin vida de su pequeño.

Esa tarde lluviosa, el clavel fue cortado de raíz, las ramas se amontonaron en el patio como soldados caídos, las hojas alfombraron el suelo y las flores rojas se marchitaron bajo la llovizna.

Las hadas chillaron en tintineo, su polvo venenoso no había funcionado con aquellos hombres recios que mutilaban su hogar, no les quedaba otra que irse de ahí, regresar al infierno desde donde la bisabuela de José las había invocado para asesinar a su marido.

El niño del cementerio

Aquel espíritu chiquitito y blanquecino vagaba cauteloso entre las tumbas coloridas, escabulléndose entre las avenidas del cementerio, soplando los pétalos secos de las flores podridas, rozando las cruces y las lápidas con sus dedos de espectro. Estaba emocionado, observando desde su escondite a aquellos jóvenes que cada tarde llenaban de gritos de emoción el camposanto, golpeando la pelota que llevaban con ellos, mostrando sus risas blancas de mazorca, vibrando de vida.

—¡Punto! —gritaban los de un equipo cuando la pelota caía sobre el verde pasto en el terreno del otro equipo.

El espíritu chiquitito sonreía y corría hacia el otro lado de la avenida para seguir observando el juego, batiendo la energía invisible que se movía en círculos entre los muchachos.

—¡Punto! —gritó uno de los jugadores del otro equipo, sonriendo bajo la luz amarilla de aquel tibio atardecer.

El pequeño espectro volvió a reírse, deseando poder jugar con aquellos jóvenes, deseando que sus dedos de ente tocaran la pelota y anotaran un punto, anhelando ser alabado por la increíble habilidad que seguro tendría en aquel extraño juego. Se rio tan fuerte y sin controlarse que su risa de muerto voló desde el otro lado del manto de la vida para llegar hasta los oídos de los jugadores.

—¡Ja, ja, ja!

El silencio reinó por largos segundos, solo el viento soplando entre las secas ramas de los árboles se escuchaba entre la desolación de aquel colorido camposanto.

¡Oh no! El pequeño espíritu había hecho notar su presencia y ahora aquellos jóvenes que alegraban sus tardes no volverían, se asustarían tanto que jamás rebotarían su pelota en aquel terreno de nuevo.

—¿Escucharon eso? —dijo uno de los muchachos, el más gordo de todos, el que tenía la risa más estruendosa.

Nadie respondió, todos escuchaban atentos cualquier sonido extraño: el crujir de una rama, el goteo del chorro del cementerio, los grillos sobre el pasto amarillento de las esquinas del lugar.

El espíritu del niño retrocedió cauteloso, esperanzado en que aquellos muchachos no se asustarían si todo seguía como antes, sin ningún otro fenómeno extraño. Retrocedió y retrocedió tanto, que no se dio cuenta de cuando sus pies de ánima tocaron una vieja lata de metal de pintura y la hicieron rodar por la avenida hasta el centro dcl círculo que los chicos formaban.

¡Oh no, lo había hecho de nuevo!

—¡Corran! —gritó uno de los muchachos luego de un largo silencio en el que sus ojos observaron aquella lata vieja que había rodado sola hasta ellos.

La atmósfera pesó sobre el cementerio, como si un pozo de fango negro hubiera caído encima del lugar. La tarde se oscureció, los rayos amarillos del sol se desvanecieron entre el vasto cielo.

Como una carrera de venados rabiosos se escucharon los pasos de los chicos huyendo del cementerio, dejando su pelota atrás, abriendo la puerta de metal para perderse en la inmensidad de la carretera.

—¡Les dije que debíamos pedir permiso a los espíritus antes de entrar! —gritó a lo lejos uno de los muchachos.

El espíritu del niño se acercó triste a la puerta del camposanto, observó acongojado cómo aquellos chicos podían huir de ahí, alejarse de aquella aletargada eternidad en la que él estaba atrapado, rodeado de tonos vibrantes pero fúnebres que olían a flores podridas y pintura fresca.

—No te preocupes, uno de ellos pronto te hará compañía aquí y jugarán juntos a la pelota —dijo el espectro blanco de una mujer acercándose a aquel espíritu chiquitito.

Zapatos limpios

Lo observaba desde lejos, sin hacer el mayor ruido, sin que su risa afilada se dejara escuchar: lo veía cuando regresaba de la escuela, cuando jugaba con sus autos en el patio trasero de la casa, ese que colinda con el bosque; lo veía comer fruta en las escaleras de su jardín, lo observaba y reía cubriéndose la boca con sus manos largas y huesudas.

El pequeño niño nunca lo había notado, solo sentía cómo una oscuridad tremenda lo invadía cuando pasaba mucho tiempo solo afuera de su casa, fuera de la seguridad que las paredes de cemento le proporcionaban; pero un día, detrás de un enorme y viejo pino que chirriaba cada vez que el viento lo movía, una mano larga y delgada llamó su atención; lo llamaba, primero con delicadeza, luego con desesperación, como con hambre, con hambre de almas. El niño jamás dijo nada, solo entró a su casa y cerró la puerta lentamente, observando cómo la mano lo seguía llamando desde la lejanía de su patio.

El ser reía como loco mientras vagaba por el patio trasero, asustando a los perros que yacían encadenados junto los tendederos. Su risa juguetona anhelaba al niño, lo deseaba desde que lo vio solitario, sentado sobre su pequeña silla de madera, sin nadie a su alrededor, sin hermanos que jugaran con él y sin padres que lo vigilaran.

Mientras el pequeño dormía, el ser recorría los alrededores de la casa, poniendo sus largas garras sobre la ventana de la habitación del niño, quien escuchaba el tintineo de las uñas sobre el cristal, pero decidía guardar silencio, ya que, si abría los ojos, el ser también lo vería.

Ese ser de piernas largas y manos de muerto estaba hambriento, tan hambriento como las fieras del bosque; dejó su cautela por un lado y poco a poco empezó a acercarse más al pequeño niño. Dejaba chocolates sobre el pasto para que el pequeño se acerara, hacía aparecer autos de juguete sobre las ramas del limonar para que el niño por fin lo viera a la cara, pero el chiquillo no mordía el anzuelo; corría hacia la entrada de su casa, jalaba la puerta y detrás de la ranura observaba cómo las largas garras de aquel ser arrastraban los presentes hacia el bosque.

El ser estaba desesperado, sufriendo de hambruna. Así que un día cobró valor y empezó a acechar al niño por entre las vigas que unían las paredes de la casa a las láminas del techo. Sus ojos enormes y rojos veían cómo el pequeño comía, hacía su tarea y veía televisión en completa soledad, sin sus padres cerca y sin amigos ni hermanos que le alegraran el día. El olor a soledad hacía que el alma del chiquillo despidiera un aroma dulzón, como a mermelada en su punto.

Las lluvias de junio llegaron, haciendo que el niño dejara de salir a jugar a su patio trasero, resguardándose del frío y del gris cielo bajo su casa, junto a su televisor, que era la única cosa que le hablaba. El ser estaba desesperado, su hambre era descomunal, incluso trató de entrar a la casa y sacar al niño de ahí, pero las leyes del otro lado no le permitían la entrada sin invitación. Se frotaba las largas manos que tenía, pensando en alguna forma de atraer al pequeño a él, pero era imposible; aquel chiquitín era más listo que los otros que había devorado. ¿Qué anhelaba ese niño?

Una tarde de agosto, después de meses de lluvia y de acecho, el niño por fin salió al patio trasero, que lucía dorado por los rayos del sol vespertino que caían plácidos obre la tierra húmeda. Entonces, el ser sacó ventaja, volvió a estirar su mano detrás del árbol para atraer al pequeño, pero este lo observó sin inmutarse, tirando su auto al suelo y volviendo a la seguridad de su casa.

El ser estaba desesperado, no podía ser que aquel niño fuera tan difícil de cazar.

—¿Cómo te llamas? —dijo por fin el ser de oscuridad, usando su voz chillona, esa que no es tan aterradora como su voz normal.

El niño se quedó quieto, con la puerta a medio cerrar, observando la mano que lo llamaba hacia el bosque.

—Gabriel —dijo con un murmullo de timidez.

El ser estiró su horrible cara en una mueca de sonrisa filosa. ¡Lo había descubierto! Sabía lo que el pequeño Gabriel anhelaba.

—¿Cómo estás, Gabriel? —pregunto el ser frotándose las manos.

—Bien —respondió el niño y cerró la puerta de su casa.

El ser brincó y bailó de alegría: ¡Por fin lo tenía, por fin sabía el secreto para devorar a ese niño, por fin lo había descubierto!

Los días que siguieron, Gabriel empezó a abrir la puerta trasera con más curiosidad, observando la mano huesuda que lo llamaba desde detrás del pino. Poco a poco estaba dejando de temerle y una curiosidad enorme lo invadía al pensar en esa cosa que se escondía detrás del enorme árbol.

—¿Y tus papás? —le preguntó el ser una tarde fresca de septiembre.

—No están, vienen hasta la noche de trabajar en el monte —respondió el pequeño mientras jugaba con su palo de madera.

—Eso no está bien, no está bien que estés solo. ¿Cuántos años tienes? —inquirió mientras sonreía detrás del árbol.

—Tengo seis —dijo Gabriel y volvió a su casa. La mano se estaba acercando demasiado, ahora estaba detrás del limonero.

A finales de septiembre, las lluvias volvieron, pero eso no impidió que el pequeño Gabriel abriera su puerta trasera y observara hacia el bosque, hacia la mano del ser que lo acompañaba todas las tardes.

—Deberías venir a jugar aquí, en el bosque —le propuso el ser oscuro de piernas largas.

—No puedo, si ensucio mis zapatos nuevos mi mamá me regaña y no me dejan caminar descalzo sobre la hierba, hay espinas —dijo el pequeño mientras pelaba su mandarina.

El ser no respondió, por un momento pensó y pensó hasta que el niño volvió a su casa sin despedirse como era costumbre, con esa expresión de vacío que solo los adultos más miserables llevan tatuada en el rostro.

El ser lo seguía acechando por las noches, lo observaba dormir a través de la ventana o por en medio de las ranuras en las vigas. Saboreaba el olor a alma nueva, a espíritu joven y despreciaba el fétido hedor del alma adulta de sus padres. Si hubiera podido, ese horrible ente no habría sacado al niño de aquel lugar sin antes asesinar de la forma más cruel a sus progenitores, destripando cada centímetro de esos cuerpos corrompidos.

—Vamos, detrás de este bosque hay un río hermoso y más allá hay árboles con pájaros de muchos colores —decía el ser tratando de atraer a Gabriel, pero la respuesta del niño siempre era la misma: «No puedo, no debo ensuciar mis zapatos».

Hasta que un día lluvioso y gris, el pequeño Gabriel volvió a su casa con sus zapatos cubiertos de lodo, aterrado por lo que sus padres le dirían al volver a casa. Debía limpiarlos antes de que lo regañaran y le prohibieran ver la televisión. Sacó los zapatos al patio, tomó un cepillo de dientes viejo y empezó a tallar.

—¡Oh no, tus zapatos están sucios! —exclamó el ser con su voz chillona.

El niño asintió y siguió tallando. La mirada del ente brilló con picardía, se tapó la mueca de su risa con su larga mano izquierda mientras su estómago chillaba con ansias. Era el momento.

—Aprovechando que tus zapatos están sucios, podríamos ir al bosque a explorar —dijo el ser frotándose las manos.

—No, tengo que limpiarlos ahora o me regañarán —respondió tajante el pequeño Gabriel.

Una mueca de odio se dibujó en la cara del ser de piernas largas.

—Solo será un momento y yo te ayudaré a limpiarlos cuando regresemos. Para eso tengo estas manos tan largas. Podremos ver muchos lugares hermosos y muchos animales fantásticos, como los unicornios o los gansos de alas rosadas —dijo el ser riéndose en silencio.

El pequeño Gabriel observó el inmenso verdor del bosque, las verdes montañas que se erguían como guardianas detrás de su casa y pensó en el río y en los pájaros de colores de los que el ser le había hablado. Además, siempre había querido ver un unicornio. ¿Y si había dragones ahí también? Tenía que descubrirlo.

—Está bien, pero no debo ensuciar mucho más mis zapatos —respondió el pequeño Gabriel muy emocionado por su aventura.

El ser abrió sus aterradores ojos y babeó como hiena al escuchar aquellas palabras; su hambre descomunal por fin sería saciada. Por fin, después de meses, había conseguido su objetivo: otro niño más, otra alma joven para su estómago de tinieblas.

—No te preocupes, si quieres te cargo sobre mis altos hombros y así no ensuciarás tus zapatos —dijo el ser y Gabriel asintió feliz. Era tanta su emoción que evitó sentir miedo cuando la figura completa del ente salió de detrás del árbol.

El pequeño niño se subió a los encorvados hombros del ser monstruoso, tomando sus manos de esqueleto para no caerse mientras sonreía al pasar bajo los musgos de los pinos, bajo las ramas con bellotas y con orquídeas de colores, más allá de su patio, más allá del bosque conocido para él, ahí donde el verde es tan intenso que da miedo. El ser sonreía y babeaba, babeaba y sonreía.

Esa noche, los padres del pequeño convocaron a todo el pueblo para buscarlo. Se armaron con antorchas, con machetes y con oraciones para recorrer cada calle, cada callejón y cada centímetro del bosque. El nombre del niño resonaba en todo lugar, era repetido por cada persona, por cada habitante. Incluso los perros de su patio seguían ladrando al pino donde la mano huesuda apareció por primera vez meses atrás. Hasta que, a las seis de la mañana del otro día, el pastor del pueblo cayó de rodillas al ver cómo el cuerpo del pequeño niño se balanceaba como un péndulo de uno de los pinos en las montañas, con el cuello destrozado por una soga de cabello humano, con sus manitas entumidas de dolor, con su mirada vacía, pero con sus zapatos limpios, sin una gota de lodo o arena sobre ellos.

Sacrificios a la muerte

62

Rituales de sangre

Bajo la luz tibia del mes cuando todo principia y sobre el lomo de los cerros que sobresalen de la tierra como columnas vertebrales filosas y verdes, ella soplaba el humo sagrado que la rodeaba como un círculo divino. En sus pies, las enredaderas con flores lavanda se entrelazaban con sus dedos hasta llegar a los talones y, de su cuello, sangre oscura corría como un río que desembocaba en el pasto bajo el altar que saboreaba el hierro y los nutrientes del líquido.

Era el tributo al sol, el regalo al dios del fuego perpetuo, el pago por su benevolente calor en los días de frío y por sus abrasadoras manos que rodeaban las cosechas de maíz hasta hacerlas madurar y colorearlas tan amarillas como él.

Era un sueño, ese instante era infinito, no había ni futuro ni pasado y mucho menos presente ahí; solo una continuación circular de sucesos, tal y como lo habían sido los tributos de sus ancestros, quienes ahora sonreían desde el cielo mostrando sus rostros morenos a través de las cortinas de nubes blancas que se arremolinaban sobre esos cerros vivos que olían a corteza de árbol.

La sangre seguía corriendo desde la herida del cuello, pero ella era feliz, tan feliz que podía llorar mientras su corazón dejaba de latir y se secaba poco a poco. Las enredaderas seguían ascendiendo por su cuerpo, flores lavanda se abrían y su aroma se extendía por todo el altar de roca labrada, hasta subir al cielo.

Tomó su navaja y con un movimiento rápido y casi indoloro apuñaló las venas de sus brazos en un corte recto y largo que hizo brotar aun más sangre de su cuerpo. El altar y su vestido amarillo se tornaron rojos y las enredaderas que ahora la cubrían hasta la cintura bebieron de aquel líquido sagrado.

El sol en su posición de rey recibía impávido el tributo, sintiendo el aroma y el sabor de la sangre con sus rayos que caían a través de las agujas de los pinos que rodeaban el altar. Estaba extasiado con el regalo, con ese ya eran mil años de tributación.

La sangre cada vez era más escasa, ella empezaba a desvanecerse y a ver las chispas del camino brillante que la conduciría al seno del universo donde se uniría con todas las demás escogidas. Pronto se convertiría en una estrella, en la más brillante del ecuador, y desde ahí observaría todo, sin sentir dolor ni hambre ni frío.

Los chacales y los coyotes empezaban a acercarse cautelosos, para no interrumpir el ritual, babeando tras el círculo de aguacates que rodeaba el altar de roca. Las enredaderas seguían subiendo, cubriendo los pechos macizos de la joven, amarrando cada trozo de carne que encontraban en su camino, secando la poca sangre que aún brotaba.

—Está hecho, así es como es, como fue y como debe ser —pronunció la joven con una voz tan dulce que hizo llorar a los sauces que protegían como valerosos guerreros las faldas de los cerros.

Su cuerpo se desplomó sobre la roca, sin vida en sus ojos, con sus carnes pálidas y secas como tierras blancas de sed. Las enredaderas avanzaron hasta cubrirle cada centímetro del cuerpo, entrando en su boca, recorriendo su garganta, alojándose en sus pulmones, estómago y corazón, hasta que lograron beber la última gota de sangre.

El sol agradeció el sacrificio con sus últimos rayos anaranjados y se desvaneció en el horizonte, detrás de aquellas montañas que se veían azules de tan lejanas.

—Este año también seré benevolente y justo —dijo con sus últimos rayos color de naranja brillando en las esquinas del cielo.

La luna empezó a subir, a reclamar su trono y su parte del tributo: quería la carne de la joven.

Cuando las enredaderas acabaron de succionar aquella sangre tan pura y rica, empezaron a marchitarse poco a poco; primero las flores lavanda perdieron sus pétalos; luego, las hojas se tornaron cobrizas hasta que la tierra dejó de sostener sus raíces para verlas morir sobre la joven. El círculo de aguacates se pudrió y, sobre la fruta caída, los chacales y coyotes marcharon en manada para deleitarse con la carne y los huesos que sobraban.

—Este año no desaparecerán bajo mi manto y mis bestias no tocarán a los suyos —pronunció la Luna desde lo alto, agradecida con el tributo, observando cómo los chacales y los coyotes desmembraban aquel cuerpo hasta roer los huesos que eran triturados dentro de las fauces rabiosas.

Así era, así fue y así debía ser.

Nicté y el dragón emplumado

Unos dicen que aquel ser alado nació de un cráneo que cayó del árbol de calaveras, otros dicen que fue hecho con el maíz negro que sobró de la creación de los hombres; otros, que los primeros abuelos lo vieron surgir del volcán más alto que rodeaba el valle. Pero lo cierto era que aquella serpiente arrastraba las nubes de lluvia con su cola emplumada, enroscando su cuerpo de bejuco alrededor de los pedacitos de algodón para que el agua cayera desde lo más alto y surcara los campos, nutriendo las cosechas y llenando los pozos con el cristalino líquido.

Todas las criaturas levantaban las manos hacia el cielo cuando sentían sobre sus pieles la brisa fresca de la serpiente emplumada. Los aluxes dejaban de ser invisibles, saltaban y se carcajeaban con risa de mal espíritu en los oscuros rincones de las selvas. Las personas salían de sus casas y danzaban de felicidad en la plaza roja frente a los templos y palacios, las bestias rugían contentas mientras sus pelajes se erizaban con las gotitas diamantadas. Incluso el gigante Che Uinic se alegraba por el frescor que se avecinaba, echaba un grito al aire y seguía su infinita caminata de pies volteados. La selva susurraba cánticos de bruja sabia, emocionada en su inmenso verdor de raíces curvas y rígidas como culebras de roca.

Pero hubo un año en el que la serpiente emplumada no apareció. Los hombres araron la tierra creyendo que la bestia llegaría cargada de chubascos, pero sus campos se convirtieron en planicies de arena dorada y caliente. Las mujeres ondeaban incienso hasta las nubes mientras danzaban alrededor del fuego, rogando al Corazón del Cielo unas lágrimas de sus ojos, pero no cayeron. El sol, convertido en llama, azotó los terrones de tierra seca, los ríos que antes rugían entre las selvas del valle ahora guardaban silencio, agonizando lentamente, gota por gota. El polvo hirviendo invadió la ciudad y entró en los templos y palacios; se amontonó como nieve en los caminos que unían a los pueblos.

Cuando el hambre azotó al reino, ni el oro ni la plata ni el jade fueron riquezas. El pueblo agonizaba y, mientras más alimento faltaba, más ira se acumulaba. Pronto, los ojos de todos se centraron en las pupilas oscuras del emperador y de su sacerdote mayor. La gente color cacao abarrotó las escaleras del templo dando gritos, pidiendo respuestas, anhelando una solución para aquel mal que parecía llegado desde Xibalbá, donde los señores de la muerte reían viendo la desgracia.

Por una semana entera se quemó incienso y se sacrificaron pajarillos de corazones latientes, regando la sangre roja sobre la tierra seca y sobre los cauces ya vacíos de los ríos que rodeaban la ciudad, millones de pétalos coloridos se regaron en el viento, pero la serpiente emplumada seguía sin aparecer, ignorando las plegarias hechas con vidas jóvenes y pieles de jaguares.

Cuando el sacerdote mayor ya no pudo hacer nada, se convirtió en humo de vela sagrada y desapareció; entonces, el emperador se irguió sobre su palacio de roca colorada y con una expresión de pesar en el rostro le habló a su pueblo. Su esposa y su única hija le flanqueaban las espaldas.

—La serpiente emplumada nos abandonó, traicionó a su pueblo, pero yo no lo haré —dijo el emperador, todo cubierto de collares de jade esmeraldino.

El pueblo gritaba eufórico mientras la princesa Nicté temblaba desde atrás, apretando el brazo de su madre, buscando consuelo para su pena.

—El reino vecino, el reino que se yergue sobre la sierra tiene agua y alimentos suficientes como para abastecernos a todos. Quise comerciar con ellos, pero no les interesa nuestro oro. El emperador tragó saliva y, aunque quiso titubear, no se lo permitió.

La princesa Nicté temblaba y observaba al gentío con sus ojos color esmeralda, esos ojos de felino que combinaban a la perfección con su piel del color del barro más oscuro, ese con que se creaban las máscaras funerarias más finas que solo la aristocracia se permitía para enterrar a sus muertos.

—Una unión matrimonial es lo que la emperatriz del reino de la sierra quiere. Su hijo, un valeroso guerrero, con mi hermosa hija que acaba de llegar a sus dieciséis veranos. La unión será dentro de dos semanas —anunció el emperador y todo el pueblo gritó, silbó y gorgoriteó con alegría, aventando bendiciones hasta la punta del palacio real.

Nicté se adelantó hasta pararse al lado de su padre y volvió a temblar mientras observaba con atención a su pueblo, a su gente que moría de hambre y sed mientras ellos tenían un festín de carnes frescas todos los días, de peces traídos desde el lejano mar y de frutas raras venidas desde el norte, pero no iba a sacrificar su libertad de mujer: ¡Debía de haber otra solución!

El reino se llenó de alharaca y pompa el día antes de la unión real, los sirvientes iban y venían entre las dos ciudades mientras las tejedoras bordaban las ropas que el emperador, los sacerdotes y su familia usarían cuando el momento cúspide llegara. Pero el Cuco invadió los sueños de Nicté, llevando escondido un mensaje entre susurros.

—El reino de tu padre abandonó a los señores de abajo, a los que se les cae la carne, a los que traen la peste. Deben ser alimentados o todos perecerán. El Cuco había hablado.

La princesa despertó en medio de la noche con el sudor corriéndole por la frente mientras la mirada del Cuco aún bailaba en sus pupilas de hoja verde.

—El Cuco me lo dijo, sé dónde está la serpiente, debo ir en su búsqueda —le susurró Nicté a su nana centenaria mientras guardaba algunas cosas dentro de su bolsa de lana.

—No puedes encaminarte tú sola y menos en medio de la noche —dijo la vieja entre tinieblas, porque sus ojos habían perdido la luz y ya solo veía con las manos y los oídos.

—Debo ir sola.

—Entonces que el Corazón del Cielo y el Corazón de la Tierra te acompañen —dijo la anciana y cubrió a Nicté con hechizos y conjuros milenarios.

La selva oscura y fría se abría como la boca de un lobo hambriento, las alimañas reptaban por el suelo negro mientras las fieras bufaban cubiertas por el manto de estrellas al dormir. Las ramas esqueléticas danzaban llevadas por el viento ante la mirada de la luna de plata. Nicté avanzaba con pasos de coyote veloz, tan silenciosa como los espíritus que le susurraban malos agüeros a su centenaria nana.

La noche parecía eterna, el valle se fue quedando atrás y las antorchas que iluminaban la ciudad se perdieron en la negrura que todo lo devoraba. Nicté seguía andando, surcando los caminos pedregosos de las montañas, observando la chimenea humeante de los hermanos volcanes que la rodeaban, imaginándose a las diosas que fumaban desde dentro de aquellas ollas de caldo de magma.

—Sigue. Ahora por aquí. Desvíate hacia ese lado. Baja esa ladera. Pasa sobre esos troncos caídos —le susurraba el Cuco de los Sueños, indicándole la dirección correcta para seguir.

Pero la princesa Nicté poco a poco desfallecía; sus pies estaban partidos, convertidos en pedazos de piel sangrante por la titánica caminata. Sus ojos se cerraban con la fuerza del oro al caer y su cuerpo cada vez pesaba más.

—Puedes descansar un momento, si así lo deseas —susurró el Cuco con una voz de padre amoroso.

—No puedo parar, debo salvar a mi pueblo —respondió Nicté saltando sobre las rocas puntiagudas del camino.

La marcha de la princesa Nicté era inquebrantable, seguía y seguía tratando de no desfallecer, pero su cuerpo la abandonó, no soportó más el peso de la noche y se tambaleó tratando de buscar el suelo. El Cuco de los Sueños silbó, y antes de que Nicté cayera al suelo, dos tecolotes enormes la sostuvieron y la cargaron sobre sus alas de bello plumaje. Ah Tucur, la señora de los búhos, la mujer ave, los seguía de cerca, guiada en susurros hasta donde la serpiente emplumada dormía.

Cuando Nicté despertó, el sol ya había salido. Un rayo de luz que entraba por un agujero alumbraba la bóveda de piedra caliza donde descansaba el cuerpo de la princesa. Una caída de agua resonaba en el centro de la caverna al estrellarse sobre el cenote turquesa de agua fresca y cristalina.

—¿Dónde estoy? —preguntó Nicté levantándose del suelo, pero el Cuco ya no respondió; el día no lo dejaba hablar.

Y ahí estaba la enorme serpiente emplumada, dormida en el fondo azulado del cenote; inerte, mientras sus plumas blancas y su piel dorada se lucían ante la vista de la princesa Nicté.

Un rumor de risas malévolas se fue acercando poco a poco desde la negrura de una cueva dentro de la bóveda, hasta que la carcajada resonó en todo el lugar. Hun-Camé, el señor de la enfermedad y demonio de las sequías, se acercó jadeando, con su carne podrida que dejaba ver sus huesos amarillentos, con sus ojos llenos de sangre fijos en Nicté.

—Lo sospeché, la serpiente habló con el Cuco a través de los sueños —dijo el oscuro ser con una voz que de solo escucharla producía náuseas.

—¡Déjalo ir! —exigió Nicté fingiendo valentía, tal como su padre le había enseñado.

La risa de Hun-Camé resonó en la bóveda, creando ondas en el agua cristalina del cenote. Su pestilencia de inframundo envenenaba el aire.

—Se irá, claro, pero con una condición —respondió Hun-Camé con un sonido de colmillos de fiera.

—¡Déjalo ir! —gritó Nicté con todas sus fuerzas.

—Solo con un trato la serpiente se irá y las lluvias serán copiosas y la tierra será fértil por doscientos años. Tu gente ha sido ingrata, nos ha dejado morir de hambre y han osado olvidarnos. Si tienes que culpar a alguien, debe ser a tu padre infiel a sus señores—. Hun-Camé volvió a reírse con esa risa de demonio llegado de Xibalbá. Nicté tragó saliva, se arregló el cabello tan negro como la brea y asintió.

Dentro de aquella gruta nació un pacto de sangre, un trato de demonio, una promesa de princesa. Todo debía cumplirse.

Cuando la emperatriz del reino de la sierra no encontró a Nicté esa mañana, le declaró la guerra al reino del valle por romper su promesa de boda. La mujer regresó a su palacio, se quitó sus vestidos de gala y se vistió de guerrera.

Las tropas de las dos ciudades avanzaron a la luz del atardecer mientras los pobladores corrían a guarecerse dentro de la selva. Místicas bestias gigantes cargaban armas sobre sus lomos y las lanzas de obsidiana y jade brillaban al son de la marcha marcial que resonaba entre la tierra desquebrajada por el sol.

—La princesa no nos abandonó, salió en busca de la serpiente emplumada —decía la vieja nana, pero nadie la escuchaba; todos corrían histéricos mientras el incienso combinado con flores de muerto ardía en los templos en señal de guerra.

El largo cabello de Nicté ondeaba sobre el lomo de la bestia emplumada mientras el fantástico ser surcaba los cielos, con su cola en forma de gancho jalando las nubes negras que relampagueaban llenas de lluvia.

La serpiente por fin había despertado.

—Si mi pueblo tiene hambre, les daré mi corazón para que lo devoren —dijo la princesa mientras sus lágrimas corrían por sus mejillas morenas, regándolas sobre la selva verde para alimentar a los ríos con ellas.

Unos cuantos metros separaban a las tropas del emperador de las de la emperatriz. La guerra estaba a punto de empezar. El príncipe blandía su lanza al lado de su madre y la esposa del emperador afilaba su puñal de piedra rayo detrás de su marido.

Un grito de brujo enano marcó el comienzo del cruento choque.

—¡Ahora! —gritó la princesa Nicté y la serpiente emplumada sacudió su cola para que la lluvia empezara a caer. Primero una gota, luego otra, hasta que litros y litros de agua bañaron a los guerreros y a los monarcas, quienes se quedaron inmóviles, sin derramar una sola gota de sangre humana, sin lacerar con sus armas las pieles de sus hermanos de maíz. La lluvia barrió con su odio y limpió sus corazones. La guerra ya no daría inicio.

Cuando la lluvia dejó de caer, la serpiente emplumada llevó a la princesa Nicté de vuelta al cenote turquesa, donde la joven se descubrió el pecho con una mirada de reina digna y dejó que el señor de las pestes hundiera su puñal hasta llegar a su corazón, para luego sacarlo y devorarlo lentamente; tal vez tardaría doscientos años en terminar su comida.

—Así ha sido y así debe ser —masculló Nicté antes de que sus ojos de joya perdieran la luz y se fundieran en un beso con la muerte. El trato entre un demonio y una princesa se cumplió.

La serpiente emplumada tomó los huesos de Nicté y, agradecida por su sacrificio, los sembró en una lejana montaña, donde crecieron hasta convertirse en un bosque de jacarandas. Por eso, cuando llegan los vientos de la primavera y el perfume de los árboles púrpura abarrota el aire, la gente del reino del valle llora desconsolada sintiendo los besos convertidos en flores de su princesa.

La cabellera

Los cuerpos eran arrastrados río arriba, como si de bolsas vacías de piel se tratara. La piel de los muertos brillaba con la luz de la luna que rebotaba en el agua cristalina del río, mostrando las caras blancas y huecas de aquellos seres. Los largos cabellos de la criatura se enroscaban en gargantas, muñecas, talones, brazos o cualquier otra extremidad que pudieran apretar. Los muertos eran muchos y distintos; unos eran viejos con cabellos grises; otros, apenas jóvenes con sangre joven y fría dentro de ellos. Algunos eran altos y blancos; otros, morenos y chaparros, algunos eran gordos como cerdos y otros, tan delgados como ramas, pero aquellos cadáveres tenían algo en común: todos eran hombres.

La criatura que arrastraba a la multitud de muertos avanzaba sin detenerse por el río, levantando hacia la luna su rostro moreno cubierto de arena brillante, observando al astro ancestral con sus ojos de perla rosada. ¿Qué estaría pensando aquel espectro hermoso?

La gigantesca tela blanquecina de su vestido escondía bajo el agua al otro tanto de muertos que la superficie no veía. Generaciones pasadas yacían bajo ese manto: invasores con cascos de hierro frío, reyes nativos con collares de jade, jóvenes exploradores de diferentes lugares, borrachos sin nombre abandonados por sus familias; hombres buenos, hombres malos, hombres todos.

La selva cantaba con cada parte de ella cuando el espectro de cabellos infinitos visitaba sus aguas, la alababa con cada hoja verde, con cada raíz húmeda, con cada flor fresca. Nadie sabía lo que aquel extraño ser era; unos decían que era un alma en pena; otros, que era un demonio traído desde lo más profundo de Xibalbá y muchos otros decían que aquel espectro hermoso era una diosa antigua, una diosa lejana y brutal, una diosa iracunda con corazón de agua gélida.

Los cuerpos seguían flotando, jalados por el negro y grueso cabello de la mujer espectro. Cadáveres desnudos golpeándose entre ellos, con los ojos abiertos, pero sin ver nada; con sus miembros erectos, con las bocas abiertas, pero sin decir nada; eran como cascarones vacíos. Su esencia, su ser, su alma yacían convertidas en cuentas negras del largo collar que el espíritu llevaba en el pecho, enrollado varias veces para que no tocara el suelo.

Los árboles de la ribera del río, húmedos por el rocío de la madrugada, se sacudían y botaban sus hojas cuando el espectro hermoso pasaba junto a ellos, anhelando una bendición que los hiciera más fuertes, más altos e inmunes al hombre que intentara cortarlos.

El río, que tenía voz de abuela sabia, escondía su corazón en una cueva con paredes y techos tan grandes como bóvedas antiguas, donde la mujer fantasma entraba cada noche, susurraba palabras inteligibles en la puerta y seguía su caminata hacia un cenote azul sin fondo donde los cuerpos de los hombres se amontonaban uno sobre otro en una trenza larguísima que la mujer tejía sin dificultad alguna. Ninguna hebra se quedaba fuera de aquel macabro peinado hecho de cabellos y cadáveres.

Cuando la luna dejaba su trono en el cielo, la mujer fantasma se zambullía en el cenote, flotando bajo kilómetros y kilómetros de oscuridad pura, cerrando los ojos mientras el racimo de cadáveres flotaba a su lado. La mujer espectro saboreaba las ofrendas que los sacerdotes lanzaban al agua cada día y con la punta de sus dedos de hueso acariciaba los pétalos que flotaban en círculo rodeándola. ¿Qué estaría pensando aquel ser hecho de alba y niebla?

Una hebra de cabello se soltó de su trenza, esa noche buscaría una nueva alma para su collar, un nuevo hombre flotaría junto a los miles que yacían atados a ella, tiesos, con los ojos abiertos, con sus pieles frías pero frescas. Decían que hasta el nuevo dios cristiano temía que algún día aquella cabellera lo bajara desde el cielo para hacerlo flotar entre una maraña de pelo negro.

Río abajo

María del Rosario subió en silencio hacia la punta del cerro. Iba vestida con su camisón blanco que simulaba un vestido de bodas. Sus pies descalzos se cubrían de polvo y hojarasca con cada paso, rociando su aroma de mujer sobre la tierra milenaria. El espíritu, convertido en mariposa, la seguía mientras revoloteaba a su lado.

El agua cristalina y gélida del río que pasaba a un lado gorgoriteaba golpeando el liquen y al musgo que extendían sus raíces sobre los lomos duros de las rocas de la orilla. Por entre las densas ramas caía plácida la luz que hacía eco sobre el paisaje casi prehistórico y húmedo que rodeaba a la pelinegra. El Señor del Cerro retumbaba desde el centro de este, vigilando convertido en mariposa o fluyendo transformado en agua clara.

María del Rosario se disipó la fatiga al pie del último peñasco que la separaba de la cima, debajo del pino torcido donde se ahorcaban los borrachos del pueblo en noches de juerga.

—Aquí estoy —dijo la muchacha sacudiendo su cabello largo, tan largo y brillante como hilos de obsidiana.

La muchacha giró y giró por todo el lugar esperando ver u oír algo, pues había notado los ojos del cerro que se camuflaban entre las raíces de los árboles y entre la arena brillante del suelo para mirarla.

—Sé que estás aquí, te puedo sentir —volvió a decir jugueteando con sus aretes de bolitas rojas que, según su abuela, impedían que entrara el mal de ojo en su cuerpo.

El silencio de voces volvió a reinar, pero el ruido del río, los pájaros y el viento sonaban como una sinfonía natural. Algo se sentía diferente en el cerro, la tierra se sentía caliente, como si un sol de mediodía la hubiera alumbrado toda la noche.

—Aquí estoy, la anciana Marcela me ha enviado —dijo la chica.

El Señor del Cerro no estaba seguro de si debía responder al llamado, pero el deleite de ver aquella piel morena como dulce de panela, aquellos pómulos abultados que se lucían sobre los labios rosados y bajo los ojos rasgados lo hizo temblar, sacudiendo los árboles de sus faldas.

—Entonces, Marcela ha cumplido —respondió por fin el Señor del Cerro con una voz extraña que no era ni de hombre ni de mujer.

La respiración de María del Rosario pesó dentro de su pecho. No creyó que fuera a sentir tanto miedo al estar frente a ese ser ancestral.

—No temas —dijo la voz que parecía salir de todos lados.

—Trataré —fue su respuesta.

María del Rosario respiró con tranquilidad y trató de despejar la cortina pesada de su mente.

—Tú fuiste la escogida por las piedras que ruedan. ¿Estás de acuerdo con la decisión de los Señores de Jade y Obsidiana? —preguntó el Señor del Cerro hablando a través de la mariposa amarilla que revoloteaba cerca de la chica, así como a través de los guardabarrancos sentados sobre los pinos de hojas punzantes.

La pelinegra dudó un momento mientras pensaba en el rostro de sus hermanas y de su abuela, tratando de olvidar la mirada blanca del ojo ciego de la vieja Marcela.

—Las piedras que ruedan desde la cima del cerro te han escogido a ti, me lo susurraron mientras cortaba hierba santa. ¡Por fin, después de tantos años han elegido a la joven! —había dicho la anciana a través de la tos que le obstruía la garganta, con un júbilo tan grande que los dolores de sus reumas desaparecieron.

María del Rosario había pasado toda la noche anterior rezando al pie de la ceiba gigante. Necesitaba valor para dejar todo atrás, pues no era lo mismo imaginar ese momento acostada en su cama como lo hacía desde ya dos semanas atrás, que estar justo frente al Señor que todo lo ve y que todo controla.

—Sí, sí lo soy, soy yo —tartamudeó la muchacha sin levantar la mirada.

—Habla con claridad, no temas más —se burló el Señor del Cerro con una risita que hizo vibrar la tierra.

La brisa que llegaba desde el sur, ese soplo fresco con olor a mar, besó las mejillas de la joven como lo hacía su difunta madre, con la ternura de los capullos de rosas que crecen en las montañas al otro lado del valle; María habló.

—Vengo desde el valle que está en tus faldas, desde la llanura que huele a menta. Pero no vengo como tributo, vengo como salvadora, como la que da vida, como la que salva a mi gente. Mi pueblo sufre, mi pueblo está siendo despojado de nuestro líquido de vida, de nuestro lugar. Vengo a pedir que la represa que encerró a mi río desaparezca para siempre y deje libres las aguas de nuestra tierra, que se lleve con ella el veneno que nos dejó, que el agua vuelva a ser fresca y que los cauces se vean turquesas y no marrones —dijo con todo el valor que pudo reunir.

El Señor del Cerro no respondió por unos instantes que a María del Rosario le parecieron eternos.

—Yo soy el cerro, soy la tierra que pisas, soy el pájaro que canta sobre el pinabete, soy el cauce del río, pero no soy el agua.

María del Rosario guardó silencio mientras un golpe le estremecía el corazón.

—El agua es viva, el agua no tiene dueño, el agua solo fluye río abajo sin obedecer a nadie, el agua tiene es-píritu propio; sin embargo, puedo hacer que fluyas con ella —dijo por fin el Señor del Cerro a través del sapo y de la lagartija de la orilla.

—Entonces, ¿es posible una solución? —preguntó la joven con una sonrisa en el rostro, con sus dientes castañeteando de felicidad.

El viento sopló con más fuerza sobre los árboles altísi-mos del cerro, trayendo consigo una cortina de blanca niebla que revistió las copas como algodón fino, como humo de incensario.

—Tu corazón debe fluir con ella y latir por mí.

María del Rosario asintió; el momento se avecinaba, ahí no existía el bien ni el mal, solo lo correcto para su pueblo. Si ella podía hacer algo para que su gente no pereciera, estaba dispuesta fundirse con aquella tierra ancestral.

—Ese es el precio que deben pagar los tuyos para romper sus cadenas. ¿Estás lista? —resonó la voz con más fuerza, con ecos lejanos.

—Lo estoy —susurró la muchacha tratando de conte-ner su llanto.

—Cualquiera en tu lugar estaría dichoso del privilegio que tú tienes —dijo el Señor del Cerro. Pero María del Rosario no respondió.

Los guardabarrancos cantaron sobre los pinos mientras el agua seguía corriendo. «¿Qué estará haciendo la abuela en este momento?», se preguntó la pelinegra mientras escuchaba el trinar de las aves en las copas verdes y musgosas.

La abuela y las hermanas de María del Rosario observaban la punta del cerro con una mirada nublada de lágrimas, sintiendo el dolor punzante del sacrificio. Pero esa era la manera, la única forma de romper con el yugo de los otros, los que no aman la vida, los que despojan a la gran madre de sus venas celestes.

—Pero también tienes que sanar el corazón y el cuerpo de todas mis hermanas, de todos mis hermanos, de todas mis abuelas, de todas mis madres y de mis padres que perecen de sed, que se envenenan con el agua, que están muriendo a manos de los otros, de aquellos que solo quitan; tienes que dejarlos relucientes como perlas preciosas—. La muchacha sonrió con lágrimas en los ojos. —Mi transformación no debe dolerles.

—Así será —sonrió el Señor del Cerro—. Ahora es el momento de que tú cumplas tu parte del trato, yo lo haré después.

El frescor de la mañana rodeó a María del Rosario, las hojas del suelo acariciaron sus tersos pies que caminaban hacia las piedras redondas y pulidas de la orilla del río mientras gimoteaba orgullosa de sí misma.

—Mi nombre es Cabrakán, el cerro acurrucado, el que fue encerrado bajo tierra por su glotonería, y desde este momento tú serás Aketzalí, el agua cristalina —dijo el cerro con voz ceremoniosa mientras veía a la joven a la orilla de las aguas gélidas. Nunca había visto una belleza como esa, tan pura como las princesas que un día chapotearon en esas mismas aguas.

Aketzali se despojó de sus ropas, desnudó su cuerpo mientras las hebras de su cabello negro crecían y crecían aún más, hasta que la melena leonina pudo cubrirle más allá de sus caderas estrechas y morenas. Un soplido del Señor del Cerro hizo ondear la melena oscura por los aires.

—Desde este momento en adelante seré Aketzalí, la que fluye río abajo, la que rompe cadenas, la que limpia los suelos, la que ahoga a los injustos —dijo la pelinegra, hundida en el hechizo ancestral, queriendo al cerro como esposo.

El agua cristalina se aglomeró emocionada junto a Aketzalí, atrayéndola más y más a lo hondo de la poza, hasta donde su pecho se hundiría bajo la capa traslúcida, dejando fuera solo su bello rostro para el deleite de los árboles de la orilla.

—Haz que mi sangre limpie las aguas; mi carne, las tierras; y mi cabello, las pieles —dijo la muchacha sintiendo un pequeño remolino de agua clara en su entrepierna, gozando como nunca pensó hacerlo.

—Así será —respondió el cerro haciendo vibrar cada árbol, roca y ser vivo en sus faldas. El agua gélida ahora era tibia.

Las algas verdes y anaranjadas se esparcieron como raíces sobre la piel de la chica, uniendo sus puntas con los vasos sanguíneos de la muchacha, convirtiéndose en un mismo ser; su piel ahora era liquen.

—Abuela, hoy tu linaje es esta misma tierra, hoy vengaremos a todos los nuestros, a los que están y a los enterrados bajo este suelo húmedo —dijo María del Rosario cerrando los ojos.

Un perfume con olor a rosas y a chilca flotó sobre el lugar como una señal de la unión. La piel morena, tersa y cubierta de líquenes de la chica se cuarteó poco a poco como si de una muñeca de barro se tratara, para después empezar a desprenderse convertida en flores rosadas que viajaban como barquitos río abajo.

—Ahora somos una misma tierra —dijo el Señor del Cerro detrás de Aketzalí.

La muchacha sonrió al escuchar la voz del espíritu ancestral mientras sus dedos se disolvían en torrentes de flores rosadas y su cabello se deshacía para formar líquenes y musgos. Su sangre se tiñó de azul y flotó en el agua para curar las enfermedades. Su mirada desapareció cuando sus huesos se convertían en arena negra de volcán.

—Está hecho —dijo la vieja Marcela desde su casa de adobe, observando cómo las hojas secas flotaban en círculos en la punta del cerro, sobre la niebla que empezaba a disiparse—. Ahora me puedo ir —pronunció con su último aliento, cayendo con todo su peso sobre la tierra apelmazada de su cocina.

Las flores rosadas flotaron hasta llegar a los abrevaderos y pozos para hacer surgir de ellos litros y litros de agua limpia con tan solo un toque. La sangre teñida de azul se coló dentro del agua retenida para convertir el concreto duro de la represa en arcilla húmeda. Las esporas del musgo llegaron hasta los potreros y plantaciones de palma para hacer surgir hierba verde cubierta de rocío fresco y el viento perfumado curó, nutrió e hidrató los cuerpos de los enfermos. El espíritu de Aketzalí barrió el dolor en cada corazón mientras, desde el fondo, desde los cimientos más recónditos que alguna vez parecieron eternos, la presa empezaba a desmoronarse, liberando el agua que corría feliz por los cauces secos que tanto extrañaba.

—¡Soy la que fluye río abajo, libre, pura y furiosa! —rugió Aketzalí convertida en torrente, destruyendo cada centímetro de la represa, arrastrando en sus aguas a cualquiera que se le interpusiera en su camino, bebiendo la sangre de los que habían profanado su suelo.

María del Rosario, que ahora era Aketzalí, chocaba con toda su fuerza líquida sobre la estructura que muchos años atrás les había robado la libertad, desmoronando cada parte de aquel imperio maligno, lloviendo sobre su tierra. Con cada gota de lluvia besaba al Señor del Cerro que ahora era su amado.

La muerte del espíritu

Está hermoso el cielo

Su hermana acababa de suicidarse y él no sabía qué hacer. Solo observaba las nubes rosadas de aquel magnífico atardecer y lloraba, lloraba como nunca pensó hacerlo, como nunca en sus dieciocho años lo había hecho.

¿Qué haría ahora? Solo eran ellos dos contra el mundo, contra aquella ciudad de concreto que los asfixiaba.

El cuerpo de su hermana seguía tibio junto a él, debajo de aquel puente donde se amontonaban sus cosas como un basurero clandestino.

¿Qué debía hacer? ¿Tomar las mismas pastillas que su hermana había tomado y seguirla en su camino?

El atardecer era precioso, nunca antes había visto una puesta de sol tan hermosa detrás del montón de casitas de lámina que se rejuntaban como bichos en el barranco que los rodeaba, más allá del puente, más allá de donde los deslaves marcan el paisaje cada estación de lluvias.

El cuerpo de su hermana seguía echando espuma y sangre de la boca. De vez en cuando se retorcía y él, en su infinito dolor, creía que tal vez estaba viva aún, pero no.

La sangre brillaba sobre el cemento, como el sol lo hace detrás de las nubes blancas de algodón de azúcar.

Una vez, en la feria de la ciudad habían comido algodón de azúcar después de pasar toda la mañana ayudando a los payasos del pequeño circo que se instaló en el cerrito.

¿Qué haría ahora? ¿Arrastrar el cuerpo hacia el río y dejarlo ir entre las aguas hediondas y entre la basura de la ciudad? Enterrarla no podía, eso era para los ricos, y ahí no había espacio. Los derrumbes del barranco desenterrarían el cuerpo y él no soportaría verla podrida y devorada por animales, verla convertida en lo que todos decían que eran: desechos.

Pero el cielo se veía hermoso, rosado y celeste, anaranjado y blanco, hasta un poco púrpura en las esquinas. Ahí donde ya no hay ciudad, donde solo el monte crece y donde las casitas blancas parecen de juguete y los postes lucen como bombillitas navideñas.

Se acostó al lado de su hermana y lloró con más fuerza. Había perdido lo único que tenía, lo único que lo sostenía en ese mundo de basura y cemento.

¿Qué iba a hacer? ¿Se iría a otro lado? ¿Dejaría su hogar bajo ese puente?

Pero ese atardecer era hermoso, tan hermoso como el rostro de su hermana, tan hermoso como el sonido de un corazón que aún late, que vive y bombea sangre caliente. Pronto caería la noche y las luces de la ciudad se comerían la luz de las estrellas, pronto la noche barrería con la belleza de aquel atardecer de terciopelo.

¿Qué haría? ¿Buscaría venganza? No creía poder hacerlo, no se sentía tan valiente como para hacerlo.

Pero el cielo lucía precioso, tal vez así era como su hermana se estaba despidiendo: dibujando ahí arriba un mensaje de amor cubierto de colores pastel y brillo vespertino. El cielo era lo único que les pertenecía, lo único que era igual para todos, su única y tremendamente hermosa posesión.

Pero, ¿qué iba a hacer ahora?

¿Luchar? Era lo único que podía hacer y a lo que estaba acostumbrado. Aunque no quisiera, debía hacerlo.

El cielo era hermoso esa tarde, cubierto de un aura de velorio, enmarcado por las columnas de aquel puente enorme que los resguardaba. Esa trágica tarde, el ocaso estuvo más hermoso que nunca.

—Está hermoso el cielo —dijo en un suspiro con aroma a lavanda.

La gente del mar

¿Qué hay debajo del mar?

Más agua, más mar.

¿Y debajo de todo ese mar?

Tierra, como aquí, pero mojada.

Tierra mojada… ¿Hay gente que vive en esa tierra mojada?

No se sabe, es muy hondo el mar y son muy pequeños los hombres.

Esas gentes deben de tener pulmones de pescado para respirar agua.

Ni pulmones han de tener. Qué feas han de ser esas gentes.

Yo creo que son bonitas, tal vez hasta más bonitas que las gentes de aquí arriba, de la tierra seca.

Tal vez...

Y tal vez no son malas, tal vez por eso no suben a la tierra seca; porque les dan miedo las gentes malas de aquí.

Tal vez...

Quisiera ser una gente del mar, para nadar y nadar
todo el día y comer pescado y usar collares de piedri-
tas y conchas.

Sería riquísimo comer pescados y camarones todos los
días.

¿Cómo le harán para cocerlos?

Se los comen así crudos... Digo yo.

Tal vez sí porque en el mar no hay fuego.

Sí, no hay.

Quisiera ser una gente del mar y nadar todo el día
debajo de esa agua fría que debe de sentirse bien rica
sobre la carne.

Sí, debe de sentirse bien rica, pero no cierres los ojos,
no los debes cerrar.

Yo digo que esa gente tiene la carne puro cuero, para
que no se le ponga pura de viejito de tanta agua y sal.

Sí, pero no te emociones tanto, no respires tan rápido,
aguanta un poquito.

Qué rico ha de ser ser gente del mar.

Tal vez... Pero no cierres los ojos.

Échame agua en la cabeza, tengo muy caliente la frente.

Aguanta que ya vienen. ¿También te lavo la herida?

No, la herida no; duele mucho el agua de mar sobre mi carne.

Aguanta un poco, ya vienen.

Si tuviera carne de cuero como la gente del mar no me dolería.

Tal vez...

¿Crees que a la gente del mar se la comen los tiburones? Como ese tiburón que le quitó el brazo a don Tomás.

Tal vez sí o tal vez nadan rápido para que no se los coman.

Tal vez tienen casas donde los tiburones no pueden entrar.

Tal vez...

¡Mira para la playa! La gente del mar está saliendo y vienen a traerme.

Ahí no hay nada... no cierres los ojos.

Qué rico cuando nade con ellos lejos de aquí.

Eliza, no cierres los ojos.

Mi mamá y tú podrán ir a visitarme de vez en cuando ahorita que ellos me lleven.

Respira lento, no hables.

Y le voy a regalar un collar de perlas a mi mamá, perlas puras de mar.

Cállate, no gastes energía, ya vienen.

Mira qué bonita es la gente del mar y qué buenos son todos; no como aquí, no como don Napoleón.

Aguanta un poquito más, mira que allá vienen, bajando la cuesta.

Sí, ahí vienen y me voy con ellos, a nadar bien debajo del mar, donde no me podrán alcanzar las gentes de aquí.

¡Corran! ¡Aquí estamos!

La gente del mar tiene los labios bien fríos, me andan besando la frente.

¡Corran!

¡Ya me voy! Con la gente del mar.

¡Aquí estamos! ¡Ayuda!

Qué rica el agua de mar, ya la tengo hasta el cuello, qué rico cómo me hundo y me dan la mano estas gentes.

¡Aguanta un ratito, por favor!

¡Qué buena es la gente del mar!

¡No cierres los ojos!

Nunca me había dado cuenta de lo bonitas que se ven las flores de la cuesta, son rojas como sangre y desde aquí, desde el agua, se ven como si fueran un incendio que está a punto de llegar a nosotros, pero no nos quemamos porque tenemos sangre fría.

No cierres los ojos, si no los cierras te juro que te voy a llevar a cortar limones al otro lado del cerro verde.

Tus ojos botan agua de mar, salada pero caliente; no es agua fresca, no me gusta.

¡No cierres los ojos, por favor!

Pero los tengo que cerrar, el agua salada arde mucho si no lo hago, pero qué rica se siente sobre la carne, la carne de cuero que tengo ahora, como ellos, la hermosa gente del mar.

Xul, el guardián de las fincas

Ana corría entre los árboles de fruta redonda y amarilla de aquel misterioso huerto. Su cabellera rizada y negra se perlaba con el sudor de su cabeza. Sus ojos negros como noche invernal se movían histéricos de un lado al otro, observando sus alrededores; cualquier sombra entre el follaje o cualquier ruido entre las hojas del suelo podía marcar la llegada de Xul, el monstruo que le seguía los pasos.

—No te alejes mucho del caminito principal, el cerro está encantado, te puede perder —le dijo su madre esa mañana mientras ponía al fuego el primer jarro de café puro, antes de que la chica saliera a buscar leña entre el verde y húmedo bosque que escondía su inmensidad bajo su falda de niebla.

—No lo haré —respondió Ana mientras terminaba de guardar las sogas y salía de aquella casita de madera húmeda que olía a monzón eterno.

Los rayos del sol atravesaban las afiladas agujas de los pinos y caían en el pasto mojado esa mañana en la que Ana se atrevió a aventurarse en el bosque para conseguir leña, pues, aunque esa era tarea de su hermano y de su padre, ellos no habían vuelto la noche anterior de la casa de su patrón. Las horas extras forzadas estaban aumentando en la finca en la que vivían. Era temporada de corte de café, pronto ella y su madre también tendrían que ir a ayudarlos, pero sin recibir ninguna paga, sin que se les remunerara el cansancio, el hambre y el desprecio que iban a soportar, como cada año lo hacían. Pero el fuego de su hogar necesitaba ser avivado para que las manos de su madre no se tulleran más por la humedad que se colaba entre las paredes.

Aquella mañana era hermosa, impoluta como una perla fina, delicada como una orquídea púrpura de las que cuelgan de aquellos bosques hechos de llovizna y niebla. La finca abandonada a la que todos le temían se erguía al lado de Ana, quien siempre había escuchado la leyenda de la desaparición de los antiguos dueños alemanes de ese lugar. La gente decía que de vez en cuando se escuchaban sus voces entre los sembradíos de café y cardamomo, gritando de desesperación en aquel idioma tan difícil de entender. Pero ella no les temía a esas historias de niños pequeños, no tenía tiempo para el miedo.

Ana llegó hasta el pequeño valle que se abría paso entre los cerros que parecían volcancitos verdes cubiertos por niebla. Un aroma dulce se coló entre las ramas de aquellos árboles altos y frondosos, un gusto a majar la rodeó. Una fruta amarilla, jugosa y redonda rodó desde la espesura de la maleza y detuvo la incansable caminata de Ana. La joven se agachó cautelosa, tomó la fruta entre sus manos, la olfateó y al sentir su olor a palo fresco no pudo evitar pelarla y darle un mordisco.

—¿Qué clase de fruta será? Lima no es —dijo la muchacha saboreando el fruto redondo.

Aquel sabor tan extraño también era espléndido, delicioso, dulce y suave como la boca de Dios. A Ana le pareció que se comía un pedazo de cielo y se sintió indigna de aquel privilegio cuando la carnaza bailó junto a su lengua.

Una segunda fruta rodó de entre la maleza un poco más lejos del caminito, muy lejos de la entrada de la finca abandonada.

—¡Qué fruta tan rica! Y yo que no había desayunado —exclamó encantada.

Luego, otra fruta rodó más cerca de la orilla del camino y después otra que se escondía detrás del cerco de púas, hasta que Ana se adentró entre las ramas verdes que poco a poco fueron rojas, anaranjadas, amarillentas… todas cargadas con frutas gordas y amarillas que pendían como esferas de Navidad de aquellos misteriosos árboles de corteza de color purpúreo.

Un sentimiento que jamás había experimentado invadió su espíritu. Era casi como si el sabor de aquellas frutas maravillosas la controlaran, le doblegaran la voluntad, la hipnotizaran hasta el punto de la adicción.

—¡Que delicia! —exclamaba Ana con la boca llena, arrancando frutas y metiéndose una tras otra a la boca. Sentía que debía saciar su gusto, que no podía parar de comer. ¡Y cómo hacerlo si aquella fruta era exquisita! Parecía el alimento de dioses antiguos.

Ana comió y comió hasta que sintió que ya no podía más, hasta que su falda ya le apretaba demasiado el estómago. Levantó la vista, observó el atardecer anaranjado, observó a las palomas de la tarde y eructó sonoramente.

—¡Jesús, ya es tarde! —dijo la muchacha levantándose tan rápido del pasto que tuvo un leve mareo.

Caminó por entre las ramas del huerto, recorrió su rastro de fruta cortada y siguió su camino entre las ramas bajas de aquellos árboles extraños, pero el camino no aparecía. Los altos pinos de la vereda principal se veían a lo lejos, moviéndose de un lado al otro con el viento del atardecer, pero el camino para llegar a ellos ya no existía.

—Pero aquí estaba —decía Ana recorriendo de nuevo el camino que ella había creado con sus pisadas, el cual, después de andar muchas veces, la llevaba de nuevo al centro del huerto.

Su desesperación era notoria. Bufaba y chillaba como una niña pequeña que se pierde en el mercado de collares y telas, cuando de entre las ramas amarillas algo se movió con sigilo, de forma casi imperceptible. Un silbido atravesó el aire, unas pisadas de pesuñas trituraron la hojarasca del suelo. Ana tuvo miedo.

—¿Hay alguien ahí? —preguntó la chica de cabello rizado entre titubeos.

Por unos segundos, el silencio se esparció como un fuego salvaje por el huerto, engullendo todo a su paso, hasta que un rostro repugnante que parecía la cruza maldita entre un humano y un mono salió de entre los árboles cargados con aquella deliciosa fruta.

—¡Jesús, Jesús! —gritó Ana, corriendo sin siquiera detenerse a comprender el rostro terrorífico y el cuerpo enorme del ser que había tenido frente a ella.

La joven se escabulló entre los árboles y arbustos, con su corazón latiendo como tambores tribales: ¡diástole, bum; sístole, bam!, mientras un sudor espeso, salado y frío como hielo le escurría por el rostro.

El monstruo del huerto la seguía de cerca, silbando entre el follaje amarillo.

Por más raudos que los pasos de Ana fueran, estos siempre la conducían al centro de aquel huerto que ahora era una planicie de ramas yermas y esqueléticas, con fruta podrida y hedionda colgando de ellas. El monstruo seguía de cerca a Ana, silbando entre las moscas que revoloteaban en todo el lugar. ¿A qué hora el hermoso huerto de frutas dulces se había podrido?

Sus zapatillas de hule se habían quedado en medio del camino, dejando al descubierto sus pies descalzos que eran acuchillados por las rocas puntiagudas y por las ramas secas del suelo. El dolor no la detenía, tampoco la sangre que brotaba lenta de sus uñas y de las plantas de sus pies. Figuras blanquecinas se movían entre la maleza.

Un silbido en el aire, luego otro y después un bufido de bestia. Un grito de mujer, voces de niños, y figuras amorfas se entremezclaban en la atmósfera de aquel valle marchito, de aquel valle maldito.

—¡Ayuda! *Hilf uns, bitte!* —pronunció una mujer rubia de mirada azul, de mirada perdida, que parecía traída desde el averno y que se le atravesó a Ana de repente, pero la chica de cabellos rizados la empujó hacia los arbustos y siguió su camino, corriendo sin detenerse.

—*Hilf uns, bitte!* Aquí estamos nosotros también — gritó un hombre gordo y rubio detrás de Ana, con su rostro blanco, tan blanco que Ana pensó que le faltaba el alma.

Una arcada, luego otra, hasta que Ana cayó de rodillas, vomitando sin parar un líquido verde que olía a estiércol de cerdo.

—¡Auxilio! —gritó Ana llorando, mientras su vómito le cubría las piernas y la falda colorida.

—¡Corre, que viene detrás de ti! —dijeron dos gemelos rubios tan pálidos como la bruma de aquellos bosques encantados, desvaneciéndose al instante cuando las pisadas del monstruo se escucharon cerca.

Xul, el monstruo, se paró cerca de Ana sin que ella se diera cuenta.

—¡Auxilio! —gritó Ana agarrándose con fuerza el vientre, observando cómo las luciérnagas azules volaban cerca de la luna.

El silbido se escuchó detrás de la muchacha, tan sonoro y filoso que casi le detiene el latido de su corazón. Un aliento a porquería invadió el lugar. De pronto, la fetidez estaba en todas partes, tan ácida que hacía que los ojos de Ana lagrimearan.

El monstruo rodeó el cuello de Ana con sus gruesos brazos de hombre mono.

—¡Auxggg! —intentó gritar Ana, pero su tráquea fue cerrada con violencia.

—Aquí estamos nosotros también, aquí estamos nosotros también, aquí estamos nosotros también —repetían los niños blancos con rostro de cadáver que se pararon delante de Ana, observando con sus ojos muertos cómo el monstruo la estrangulaba.

Xul apretó sus brazos contra el cuello de Ana, tensó sus músculos soportando los rasguños intensos de la

muchacha, hasta que Ana dejó de patalear, de sacudir-
se, hasta que un chorro de sangre rojísima le brotó de
la nariz.

—Nadie se come mi fruta —dijo aquel ser cuando
terminó su trabajo, dejando que la chica fuera absorbi-
da lentamente por el suelo que disfrutaba saborear los
despojos de aquel cuerpo contraído.

Cuando la mañana del día siguiente disipó la niebla
que cubría los cafetales de las montañas, una voz de
mujer joven recorrió todos los sembradíos, asustando
a los trabajadores que temblaban cuando los susurros
llegaban hasta sus oídos.

—Aquí estoy yo también —repetía incansable aquella
voz que olía a fruta amarilla.

Carnaval de espíritus

Salomón salió de su casa antes de que el sol apareciera detrás de las montañas, de entre aquellos cerros de roca volcánica filosa y brillante. Besó la frente de su madre, quien lloró desconsolada bajo el umbral de la puerta mientras su hijo emprendía el viaje hacia aquel mundo donde los esclavos ganaban oro y no lodo, como en su pueblo; allá donde la gente es de todas partes, pero nadie es de ahí.

Cuando Salomón dejó el sendero de su casa y pisó la calle polvorienta, los tambores sonaron detrás de él, con lo que dio inicio la orquesta espectral que abarrotaba el camino, insonora e invisible para los vivos.

Los espantos de sombra tocaban los tambores, los seres narigones de piernas largas dejaron las copas de los árboles y sacaron sus trompetas, mientras la mujer que lloraba en el río callaba su llanto y cantaba jubilosa. Las ánimas nocturnas hacían sonar las panderetas y el hombre de saco purificaba el camino con el humo de su puro. Todos los espíritus bailaban.

Salomón no escuchaba ni veía nada, tan solo respiraba por última vez el aire frío de su tierra, ese aire con olor a polvo bendito y a jacarandas en flor. El sol aún no vencía a las montañas, el camino aún estaba helado.

El desfile carnavalesco seguía avanzado detrás de Salomón, despertando a los muertos del pueblo cuando pasaron frente al cementerio; los finados vieron cómo otro de sus jóvenes se iba y suspiraron antes de acomodarse de nuevo junto a sus cuerpos podridos, bajo la colorida alfombra de flores que vestía sus tumbas.

—¡Aquí fue donde Salomón se rompió el brazo jugando a las luchas con el hijo del alcalde, aún recuerdo cómo rodó desde allá arriba! —gritó uno de los espíritus, el que siempre llevaba un enorme sombrero sobre su cabeza y todos rieron al ver aquella colina empinada formada por piedrín y arena dorada.

El espíritu de la mula decapitada se unió al desfile al pasar frente al palacio municipal, donde las hojas secas de la ceiba cubrían el suelo terroso y rojizo.

Los faroles de la calle tintineaban abrumados por la energía que despedía aquella marcha de seres sobrenaturales que reían, bailaban y cantaban como vivos; pero Salomón no notaba el tintineo, su pensamiento seguía con su madre, preguntándose si ella no moriría de soledad antes de que él le construyera la casa hermosa de dos pisos que ella siempre quiso, esa que tendría un porche largo lleno de helechos colgando de sus vigas y un jardín verde lleno de árboles de maracuyá.

—Aquí fue donde Salomón besó a Natalia por primera vez —dijo otro espíritu, el que parecía una mujer de largas trenzas con rostro de caballo y todos sonrieron mientras la música no dejaba de sonar.

—¡Que viva la cumbia! —gritó el enano de pies volteados.

—¡Que viva! —respondieron todos.

La madrugada se desvanecía como humo en el vasto cielo, las estrellas bostezaban cansadas y cerraban sus ojitos de lentejuela. Salomón debía llegar a la ruta principal antes de las cinco y diez de la mañana para no perder el auto que lo llevaría a él y a otros jóvenes hasta la frontera, donde tendría que cruzar un oscuro río para luego saltar a los lomos de una máquina infernal que corría furiosa por rieles traqueteantes. Debía cuidarse de no caer en las fauces de aquella bestia.

El espíritu que enamoraba muchachas de cabelleras largas con el sonido de su guitarra se unió al desfile, tocando su instrumento mientras la bella doncella conocida como La Noche bailaba al ritmo de la música subiéndose hasta la rodilla su falda color constelación.

—En este callejón Salomón probó por primera vez el aguardiente —dijo La Noche sonriendo con nostalgia—. Fue en una de las madrugadas de feria; recuerdo cómo llegó casi arrastrándose a su casa y su madre lo tuvo que bañar con agua de ruda para quitarle el mal de ojo que según ella lo había hecho emborracharse. —Todos soltaron una carcajada tan estruendosa que Salomón sintió que alguien chasqueaba los dedos tras su oído derecho.

La última cuadra del pueblo se abría frente a Salomón, su hogar nunca había sido tan triste y tan hermoso. Nunca se había dado cuenta de lo bello que eran los maizales secos ni de lo elegantes que lucían los faroles de las esquinas, tampoco se había percatado de que el cielo que flotaba sobre su hogar era más azul, más caliente y más brillante que cualquier otro cielo. De pronto, su corazón le ardió.

La alharaca de espectros seguía, ahora todos giraban como borrachos mientras la vieja pálida y deforme de la casa más antigua del pueblo los observaba.

—Yo fui la primera en verte, recuerdo a tu mamá bajando casi muerta de aquel bus despeltrado. Venías envuelto en colchas finas, regalo de los doctores de la ciudad; tú fuiste el primer muchachito del pueblo en no nacer con comadrona —dijo la vieja, observándolo con su único ojo, y le lanzó un beso a Salomón, quien por un momento ya no se sintió tan triste.

Los diablos traviesos salieron brincando de los callejones oscuros, sacudiendo maracas coloridas mientras gritaban como borrachos dementes. Todos seguían cantando y bailando, pero ya no tan alegres como antes, la salida del pueblo estaba cerca, acechándolos como si fuera la entrada del infierno.

Barbudo, aquel perro sucio y flaco se acercó a Salomón, le olfateó los pantalones y movió su cola. Salomón se detuvo por un momento, se agachó, acarició la cabeza del chucho callejero, lo observó a los ojos y contuvo su llanto. El perro bostezó y siguió su camino.

—Ese perro ya está muy viejo, camina lento y respira con dificultad, no pasa esta semana sin que se muera —afirmó el lucero que todas las noches aparecía en lo alto del cerro quemado.

Salomón estuvo tentado por un instante a regresar a su casa, a llegar hasta el regazo de su madre y llorar como la hacía cuando era un niño. Pero contuvo su ferviente deseo que le quemaba el pecho como veladora sagrada, ni siquiera echó un ojo a lo que dejaba atrás; si osaba voltear, su alma se convertiría en sal.

—Recuerdo que Salomón y sus amigos corrían asustados desde la falda de mi montaña cuando el sol caía. Temían que yo me apareciera frente a ellos para robarles el alma —dijo el espíritu del cerro, ese que tiene barbas de enredadera y todos suspiraron; las sonrisas se estaban agotando.

Y la última casa del pueblo apareció, con sus tejados hundidos, con sus paredes agrietadas y sus ventanas canceladas. A Salomón le pareció la casa más hermosa del mundo; en ese momento hubiera preferido vivir en ese lugar rodeado de telarañas y polvo que en cualquier mansión de paredes de oro y piso de plata.

El carnaval ya no era tan alegre. Ahora todos bailaban por pura inercia: los diablos saltaban sin gritar como locos, la mujer que llora ya no cantaba tan alto y las muchachas con rostro de calavera movían sus faldas coloridas con menos ritmo.

—Salomón es igual a su padre, hasta se marcha como él —dijo el espíritu que parecía un fraile dominico y todos asintieron.

La calle de tierra se encontró con la autopista de asfalto, chocando entre sí como dos ríos caudalosos. Salomón suspiró, se agachó y besó la tierra de su pueblo, impregnando sus labios con aquel polvo que sabía a canela. Agarró un puñado de tierra rojiza y se la metió en la bolsa del pantalón para luego persignarse antes de pisar el asfalto negro y frío.

Dio un paso y abandonó su hogar.

La música se detuvo, todos dejaron de bailar y de cantar, suspiraron junto a la cruz de madera teñida con cal que no los dejaba pasar, observaron a Salomón y los sollozos comenzaron. Se iba otro, otro más los dejaba, otro más era arrancado cruelmente de su tierra.

—Se va —dijo la mujer que llora aguantándose el llanto.

—Se va —repitieron todos aquellos espíritus al unísono.

El sol salió de entre los filosos riscos de la montaña justo a las cinco de la mañana, cuando el párroco del pueblo hizo sonar las campanas que lloraron como lo hacían cada vez que alguien se marchaba. Un auto lleno de jóvenes color cacao se acercaba por la curva de la autopista y la madre de Salomón rociaba agua sobre la tierra de su patio antes de pasar la escoba.

—¿Volverá? —preguntó el espíritu que parecía niña pequeña mientras jugaba con el listón de sus trenzas.

—Tal vez, pero ya no olerá a fruta —dijo el espíritu del cerro antes de que todos se desvanecieran con los rayos tibios del sol matutino.

Sobre el autor

Fotografía: David Lu

Jorge Fernández
(Guatemala, 1998)

Nacido el 4 de abril de 1998 en las altas montañas de la sierra Chuacús en Saltán, Baja Verapaz, mi vida ha estado impregnada de las ricas tradiciones y mitos de mi pueblo. Desde temprana edad, las historias del folclore local se convirtieron en una fuente constante de inspiración que influyó profundamente en mi amor por la escritura, un pasatiempo que practiqué desde la infancia.

Mis raíces culturales y condiciones sociales se entrelazan con mi educación, ya que cursé la carrera de Ciencias Jurídicas y Sociales y, actualmente, continúo con mis estudios en la Universidad de San Carlos de Guatemala, donde estoy cursando la licenciatura en Letras, explorando mi fascinación por la literatura. Mi narrativa se nutre de la riqueza de las experiencias culturales, sociales, políticas y mi deseo de preservar y compartir las historias que han dado forma a mi identidad como guatemalteco y que la mayoría de veces no son vistas ni escuchadas.

www.ingramcontent.com/pod-product-compliance
Lightning Source LLC
Chambersburg PA
CBHW070536160726
48003CB00004B/1795